Herzsprung
Verlag

Impressum:

Besuchen Sie uns im Internet:
www.herzsprung-verlag.de

© 2024 – Papierfresserchens MTM-Verlag + Herzsprung-Verlag GbR
Mühlstraße 10, D- 88085 Langenargen
info@herzsprung-verlag.de
Alle Rechte vorbehalten.

Bearbeitung. CAT creativ - www.cat-creativ.at

Autorinnenporträt: Foto Ostermann
Kinderfoto Gudrun Güth

Druck: Bookpress Polen

ISBN: 978-3-96074-837-3 - Taschenbuch
ISBN: 978-3-96074-838-0 - E-Book
ISBN: 978-3-96074-839-7 - Hörbuch

IRRLICHTERN

ERZÄHLUNG

GUDRUN GÜTH

Herzsprung-Verlag

„Man will sich verstecken beim Schreiben –
man will aber auch gefunden werden.
Passiert das nicht, ist man enttäuscht.
Dann muss man laut rufen."

Interview mit Helga Schütz
In: Ostra-Gehege, Heft 98, Dresden (IV/2020)

VORWORT

Handlung, Charaktere und Tatort von „Irrlichtern" sind frei erfunden. Dies ist also kein Bericht, ich konnte dieses Buch aber mit dem notwendigen realen Hintergrundwissen schreiben, da ich in der deutschen Nachkriegszeit, also in den 1950er-Jahren, mehrfach zur Erholung in sogenannte *Kinderkurheime* am Meer verschickt wurde, stattdessen jedoch deutlich *unerholt* und verändert nach Hause zurückkam. Aus den nachhaltigen negativen Erfahrungen dort sowie den lebenslangen Auswirkungen und Erinnerungen ist mein Buch entstanden.

Zwischen 1950 und 1990 wurden Millionen von Kindern in Deutschland in sogenannte *Kinderkurheime* verschickt. Die Erzählung spielt im letzten Jahr der massiven Kinderverschickungen. Einige Handlungen und Ansichten spiegeln daher diese Zeit wider.

Mein Buch reiht sich, wenngleich Fiktion, ein in die Aufarbeitung des verborgenen Leids der Verschickungskinder, das jahrzehntelang einfach totgeschwiegen wurde, seit einigen Jahren zum Glück dank bundesweiter Initiativen in der Öffentlichkeit immer präsenter wird.

Es bleibt zu hoffen, dass Kindern so etwas nie wieder angetan wird.

Gudrun Güth

PROLOG

Das Pepita-Köfferchen hielt sie fest in der linken Hand, die rechte steckte in Mamas Jackentasche. Pippa und Bubu waren sicher verstaut. Hoffentlich vertrugen die beiden sich. Wenn Bubu böse war, schlug er manchmal mit dem Rüssel.

„Geh nicht so dicht ran, Spatz." Mama hielt sie von der Bahnsteigkante zurück.

Clara zog einen Flunsch.

„Mein kleines großes Mädchen", sagte Mama und drückte sie an sich.

Clara konnte die Zahlen auf den gelben Abfahrtsplänen schon lesen. 10.24 Uhr.

„Achtung auf Gleis 8. Der Zug fährt in Kürze ein."

„Denk an das Attest. Am besten sagst du gleich, wenn du ankommst, was du nicht essen darfst."

„Ich werde überhaupt nichts sagen", dachte Clara. „Mein Mund bleibt zu. Ich spreche höchstens mit Pippa und Bubu."

„Und du willst mir wirklich deinen Namen nicht sagen?" Die Fahrtbegleiterin, die die zwölf Kinder sicher nach Curhude bringen sollte, schob Clara zum Fensterplatz. Sie selbst setzte sich zu den anderen. Die sagten brav, wie sie hießen.

Der Zugwind riss Clara mit sich fort. Mama wurde kleiner und kleiner. Clara malte mit dem Finger Kreise auf die Scheiben. Die sahen wie Krokodilnilpferdtatzen aus.

Ohne die Lippen zu bewegen, sang sie die ersten zwei Strophen vom aufgegangenen Mond. Das war Mamas Lieblingslied. Schnell betete sie ihr Abendgebet hinterher, obwohl es noch früh am Morgen war. „Lieber Gott, mach mich fromm, dass ich in den Himmel komm."

Dahin wäre sie jetzt viel lieber gefahren. Oder zum Mann im Mond. Wenn es den überhaupt gab. Mama konnte sie jetzt nicht mehr fragen.

Der Mann gegenüber beugte sich vor. Er hielt ihr zwei Tüten hin. Clara schüttelte den Kopf. Sie konnte ja nicht sprechen. Nein, sie wollte keine Lakritzschnecke, auch keine Schokolinsen. Bloß jetzt nicht weinen.

Sie winkte zwei Radlern zu, die an der Bahnschranke warteten, aber niemand winkte zurück. Die Kühe schauten nicht einmal auf, als der D-Zug Richtung *Kinderkurheim Rosentor* vorbeiraste.

I

Meine Chefin schrie mich an – und ich kündigte. Anschreien ließ ich mich nicht. Dann reagierte ich. So oder so. Es gab ja noch mehr Kindergärten, die händeringend Erzieherinnen suchten.

Jetzt erst einmal Atem holen.

Ich stand mit meinem Hund in der Bahnhofshalle. Ich nahm nur Puschkin mit, sonst nichts. Die paar Möbel hatte ich beim Diakonischen Werk abgegeben. Patrick sagte ich nichts.

Auf dem Bahnhof fing mein neues Leben an, mein Mutleben. Ich fuhr wieder Zug. Wie schon einmal. Ein Zug hatte mir das Ende der Kindheit beschert. Da war ich vier. Seither hatte ich Angst vor Rädern.

Die Bahnsteige waren überdacht. Ich konnte den Regenschirm zurücklassen. Zugzielanzeigen würden mir helfen, meinen Zielort zu finden. Vielleicht auch eine Lautsprecheransage. Bis jetzt wusste ich nur, dass ich wegwollte. Patrick würde ich erst anrufen, wenn ich irgendwo angekommen war.

Ich setzte mich auf die erstbeste Bank und steckte mir eine der Erdbeeren in den Mund, die ich unterwegs auf dem Feld gepflückt hatte.

Vielleicht sollte ich einfach den nächsten Zug nehmen. Es war schließlich egal, wohin ich fuhr. Leben konnte man überall. Puschkin hatte nichts dagegen. Ich träumte von einem Leuchtturm. Im Ringelpullover, in roter Jeans, weißen Turnschuhen stand ich hoch oben über dem Meer. Bernstein entdeckte ich mit dem Fernglas.

„Absurdistan", sagte ich. Puschkin schaute mich an. Er war es gewöhnt, dass ich laut mit mir sprach. Mit wem sonst?

Ein Mann setzte sich zu mir. Ich fasste die Leine kürzer.

„Du Arbeit?", fragte er. „Ich nix."

„Nein, so geht es mir auch."

„Du nix auch. Du deutsch."

„Und woher kommen Sie?", fragte ich. Diesen Satz hatte ich nie wieder sagen wollen. Jetzt war er mir herausgerutscht. Eine alte deutsche Angewohnheit. Von wegen Neuanfang!

„Du Geld", sagte er.

Das war mir neu. Ich stand auf. Nach ein paar Schritten drehte ich mich um. Er saß immer noch da. Wie zusammengeknickt. Ich ging zurück. Es kam eh kein Zug.

„Hier", sagte ich und gab ihm meine letzten Erdbeeren. „Die schmecken auch ohne Sahne."

Hinter mir fuhr ein Zug ein. Ich drehte mich nicht um. Ich fürchtete mich immer noch vor Zügen. Dann stiegen Puschkin und ich doch ein.

„Entschuldigung, darf ich mich zschu Ihnen schetzchen?"

Ich war so verblüfft, dass ich bloß nickte. Es gab genug andere freie Plätze. Warum ausgerechnet zu mir? Ich kannte diesen Sprachfehler, hatte ihn viele Jahre nicht mehr gehört.

Wir nannten ihn Schusche, eine spezielle Kurzform von Heulsuse. Dabei heulten andere, ich eingeschlossen, auch, aber wir waren schlauer. Wir heulten leise auf dem Klo oder nachts in unsere Kissen. Schusche, der kleine Bruder von Biene, war dafür zu blöd. Bei jeder Gelegenheit heulte er los. Morgens beim Frühstück flossen die Tränen in den Haferschleim. Der Drache passte gut auf und die erste Strafe war fällig. Wir hörten Schusche schreien. Zum Mittagessen erschien er nicht. Abends tauchte er mit rot verheultem, geschwollenem Gesicht wieder auf. Wir versuchten, indem wir lustige Fratzen schnitten, ihn zum Lachen zu bringen, aber Schusche lachte nicht. Nie.

Nachts hörte ich ihn im Jungenschlafsaal weinen, bis er einschlief. Später öffnete er im Dunkeln unsere Tür und balancierte über die Mondstrahlen auf dem Boden.

Am nächsten Tag fehlte Schusche beim Frühstück. Biene aß eine zweite Portion Milchsuppe. Sie hätte auch meine haben können.

„Mein Bruder ist Schlafwandler", sagte Biene.

„Und wieso darf man das nicht?", fragte ich.

„Weil du dir dabei den Hals brechen oder auf dein Gesicht fallen kannst."

„Schusches Gesicht ist sowieso total verbeult."

„Sag das nicht noch mal." Biene schlug mir mit dem Löffel auf den Mund. Unterm Tisch trat ich ihr vors Schienbein.

„Aua. Schind Schie verrückt?"

Der Mann gegenüber massierte sein Knie. Ich starrte ihn an. Er war immer noch blond. Strohblond. Er hatte immer noch diese hellblauen Augen. Immer noch schimmerten Tränen darin.

„Schusche", murmelte ich.

Der Mann wurde rot.

„Kennen wir unsch?", fragte er.

Ich schaute weg. Puschkin fiepte.

„Wie heischt denn ihr Hund?"

„Das ist Puschkin."

„Ein komischer Name."

„Schusche auch."

„Ich heische Bernhard. Und Schie?"

„Kinderkurheim *Rosentor*", sagte ich.

Zweimal genau dort, wo ich nie mehr hingewollt hatte.

Schusche reagierte nicht. Er saß lange still da.

Draußen fuhren Rapsfelder vorbei.

„Kinderheim *Roschentor*", wiederholte Schusche. „Genau da fahre ich hin."

„Ich auch."

Meine Entscheidung war auf einmal gefallen. Wir schwiegen. Manchmal schauten wir uns an.

Ich bot Schusche wahlweise Schokolinsen oder Lakritzschnecken an. Schusche zögerte, nahm dann mit spitzen Fingern eine einzelne Schokolinse, während ich mir eine Handvoll in den Mund steckte.

„Dir ischt dein Stoffkrokodil in den Pischpott gefallen", sagte Schusche.

„Das war kein Krokodil, das war eine Giraffe. Das war Pippa."

„Igitt." Schusche schüttelte sich. Puschkin schüttelte sich gleich mit.

Schusche war Bettnässer. Heulsuse, kleiner Bruder, Lispler und Schlafwandler. Das volle Programm.

Zur Strafe musste er sein Pippi trinken, bevor er in die Dunkelkammer gesperrt wurde. Da hatte ich es besser gehabt. Der Drache schob mir die ausgekotzte Schweinskopfsülze zurück in den Mund. Biene lachte. Dabei wippte ihr Pferdeschwanz.

Auf der Wäscheleine flatterten Schlafanzüge und Unterhosen vorbei. Ein Feld stand in Flammen. Schusche hustete. Er fiepte wie Puschkin.

„Und wie gehts Biene?"

„Weisch ich nicht."

Auf dem einzigen Foto, das ich von den beiden Geschwistern besaß, hatte Biene ihren Arm um mich gelegt.

„Die nächschte müschen wir umschteigen. Hier schteige ich jedesch Jahr um."

„Jedes Jahr?"

„Scheit meinem dreischigschten. Bisch jetzcht bin ich aber noch nie angekommen. Ich schteige jedesch Mal kurzsch vorher ausch."

„Und was soll die ganze Übung?"

„Dasch." Schusche stand auf und knöpfte sein Hemd auf.

Ich schluckte, als ich die Narben auf dem Rücken sah. Mitreisende schauten aus dem Fenster.

„Und du steigst nicht vorher aus." Ich drohte mit dem Zeigefinger. Das hatte der Drache auch immer gemacht. Ich konnte mir das einfach nicht abgewöhnen.

Beim Einfahren des Zugs klammerte sich Schusche an mich. Puschkin bellte.

Der Zug hielt. Ich erkannte den Bahnhof nicht. Niemand trug hier ein Pappschild um den Hals.

„Das finden wir nie", sagte ich. „Wir müssen jemanden fragen."

Schusche ging los. Schlafwandlerisch.

Puschkin und ich folgten.

An den Dornenhecken vorbei, in der Ferne sah man die Bake.

„Hier entlang."

Das alte Haus schien geschlossen. Die Fenster waren trüb, die Schaukel abmontiert. Im Gras lag rotes Stanniolpapier. Auf dem Rasen hatten wir Ostereier gesammelt. Mein Eimer war randvoll. Ich musste alle Eier, auch den Hasen, beim Drachen abliefern. Drachen fressen liebend gern Schokolade.

Schusche nahm meine Hand. Er zitterte. Gleich würde er anfangen zu heulen.

Puschkin riss sich los. Er tobte über die Wiese, schlug Hasenhaken. An der Eingangstür hob er sein Bein. Dann suchte er sich ein Plätzchen und hockte sich hin. Ein Riesenhaufen mitten auf dem Rasen.

„Scheische", sagte Schusche und lachte, wie er noch nie in seinem Leben gelacht hatte.

II

Schusche würde ich sicher nie wiedersehen. Er verschwand aus meinem Leben so plötzlich, wie er im Zug aus dem Nichts auf einmal aufgetaucht war.

„Scheische", sagte er, lachte, drehte sich um und verschwand.

Ich ging mehrfach um das verlassene Gebäude, marschierte am Strand entlang, aber ich konnte ihn nirgends finden. Vielleicht war er zurückgefahren, woher er auch immer gekommen war. Ein bisschen vermisste ich ihn.

Für mich änderte sich danach einiges. Ich beschloss, hier am Meer zu bleiben, in der Nähe des ehemaligen Kinderkurheims. Ich überredete Patrick am Telefon so lange, bis er einverstanden war, zwar haderd und grummelnd. „Du mit deinen absurden Ideen." Aber er kam mit. „Grafisches Design geht auch am Meer", sagte er schließlich. „Ist ja nicht für immer."

„Wer weiß", dachte ich.

Wir fanden ein Haus zur Miete, sogar mit Garten.

Was ich hier wollte, wusste ich nicht genau, nur, dass es Puschkin und mir gefiel. Für den Hund war es herrlich, am Meeresrand entlangzulaufen, nach den Wellen zu schnappen und Stöcke aus dem Wasser zu holen. Beim ersten Kontakt mit dem Wasser, als ich nach Schusche suchte, hatte er sich verblüfft die Schnauze geleckt, gespuckt, so viel Salz hatte er noch nie auf der Zunge geschmeckt.

Das Bild von Schusche, Biene und mir lag in meiner Reisetasche. Vielleicht brauchte ich es hier noch einmal.

Als wir zum Einzug im Haus ankamen, tobte Puschkin durch den Garten, erschnüffelte sich jedes Zimmer und beschloss, neben dem Doppelbett unter der Dachschräge zu liegen. Ich kaufte als Erstes einen riesigen Strauß Blumen in Knallrot.

Wir richteten uns ein, stellten die Bücher ins Regal und erforschten den Wald. Wir fanden Ameisenhaufen unter den Kiefern.

Dass ich nachts nicht mehr schlief, fing erst nach ein paar Wochen an.

„Was ist los?", fragte Patrick.

Ich setzte den einen nackten Fuß auf den anderen.

„Zieh wenigstens Schlappen an."

Patrick schlief nur halb. Ich kreuzte die Arme vor der Brust. Wie ein Baum stand ich am Fenster.

Wenn ich die Augen fest zusammenkniff, warf der Mond grelle Strahlen vom Himmel und leuchtete das Meer von innen aus.

Ich strich mir die weiße Strähne aus der Stirn. Als Mutter starb, verließ die Farbe auf der Stelle mein Haar. Mutters bleiches Gesicht war da bereits auf dem Weg zum Mond. In der Nacht nach Mutters Tod hatte es an der Haustür Sturm geklingelt.

Patrick drehte sich zur Wand. Er hörte nichts.

Mutter glitt lautlos ins Haus und saß durchsichtig im Sessel. Ich hatte wohl zu viele Gothic Novels gelesen.

„Zieh die Schultern nicht so verkrampft hoch."

Patrick war wach geworden.

Wie oft hatte ich diesen Satz in meinem Leben gehört. Und doch zog ich die Schultern hoch, immer wenn ich nur an das Wort *Kinderverschickung* dachte. Ich wollte nichts mehr damit zu tun haben, aber es hatte etwas mit mir zu tun. Dieses verdammte Kinderkurheim an der See.

Dabei liebe ich doch das Meer.

Bei Sturmflut und Windstärke zwölf stehe ich still und sehe, wie mir das Wasser entgegenschäumt. Da habe ich keine Angst. In dem Kurheim habe ich Angst. Angst vor Diakonissenhauben, dem Arzt und dem Essen. Igitt, Milchsuppe mit Haut. Igitt, Sülze und Ei.

Jetzt gibt es nur mich und die Wellen. Endlich allein, ohne so tun zu müssen, als weinte ich nicht.

Hinter dem Meer wohnen meine Eltern. Die Gischt ist unser Bindeglied. Die Möwen fliegen von hier nach dort und wieder zu mir zurück. Ich weiß, dass ich nicht ganz verlassen bin.

„Komm ins Bett, Clara. Du kannst doch nicht jede Nacht hier am Fenster stehen und hinaus starren."

„Kann ich doch", dachte ich.

Papa streicht mir über den Kopf. Am Bahnhof nimmt Mama mich fest in den Arm. Ich steige in den Zug. Danach gibt es keine schönen Hände mehr. Es sind Eisenhände, winterkalt, Raubtierklauen, Hexenhände mit langen Fingern. Hände, die greifen, zerren, reißen, pressen, wegschließen, löffeln und schaufeln.

Zum Glück habe ich noch meine eigenen Hände. Wenn ich die zu Fäusten und mich ganz starr mache, können mir die großen fremden Hände nichts tun.

„Hör auf", sagte ich mir. Hör endlich auf. Aber ich konnte die Flashbacks nicht abstellen. Sie waren Gewitterblitze und setzten mich innen in Brand.

Da werden mir Manschetten übergestülpt, damit ich mir nicht die Arme und Hände vor lauter Heimweh zerkratze. Die Manschetten sind aus Plastik und gelblich weiß. Ich kann sie nicht abstreifen, die schrecklichen Dinger. Auch mit den Zähnen nicht. Ich liege starr da wie ein schweres, totes Stück Holz. Aber meine Augen, meine Gedanken und Sehnsüchte sind wach, hellwach.

Vorsichtig stahl ich mich, da war Patrick längst wieder eingeschlafen, aus dem Haus. Puschkin schlich hinterher.
Am äußeren Ende der Buhne ließ ich die Beine baumeln. Puschkin leckte mir das Salz aus dem Gesicht. Sein Seebärenfell leuchtete.

Mit meinem Zeigefinger zähle ich die Sterne in der Nacht,
mit dem kleinen Finger locke ich den Mond.

Ich sang, Ingrid Cavens Stimme im Ohr. Die Wellen klatschten gegen den Stein. Ich zog die nackten Füße hoch.
Auf dem Rückweg ging ich am neuen Kinderkurheim vorbei. Kein einziges Licht hinter den Fenstern.
Mir war kalt.

Patrick schlief tief und fest. Mit einem erleichterten Seufzer legte sich Puschkin vors Bett. Ich kroch zu Patrick unter die Decke. Der Mond stand weiter am Himmel.

Anke Hufland saß am äußersten Ende des Stegs. Sie ließ die Beine baumeln und hielt ihr Saxofon ins Licht. Wenn sie ganz leise spielte, würde sie niemanden stören.

Was für eine gute Idee, nach dem letzten Hörsturz einfach die Koffer zu packen und ans Meer zu fahren. Sie musste endlich einmal nur an sich selbst denken. Eine Zeit lang müssten die Kranken und Alten eben ohne Anke Hufland zurechtkommen.

Die Fahrt zum Meer war ein Anfang. Etwas in ihrem Leben musste sich ändern. Sie konnte den zunehmenden Zynismus in der Alten- und Krankenpflege nur schwer ertragen. Verstehen ja, bei der ständigen Überbelastung in den letzten Jahren.

Sie strich über die Lichtreflexionen auf ihrem Saxofon. Dann setzte sie es an die Lippen. Kinderlied von der LP *Der Abendstern*: *Wenn ich groß bin, baue ich ein Schiff und fahre damit übers Meer, übers Meer.*

Die Töne zogen leise über das Meer, tauchten weiter draußen ein in die Wellen. Manche hingen noch in der Gischt.

Sie sollte endlich den Koffer auspacken. Sie war gestern Abend spät angekommen. Sie stand auf.

Das neue Kinderkurheim ragte aus den Dünen hervor. Eine Gardine bewegte sich leicht, fiel dann wieder zurück und sperrte neugierige Blicke aus. Vom Spielplatz kam fröhliches Lachen.

Anke Hufland hatte für die Mühle einen Mietvertrag für drei Monate abgeschlossen. In der Vorsaison ließ sich das finanziell stemmen. Ihr Chef hatte schweren Herzens ihrem Antrag auf vollständigen Überstundenabbau stattgegeben. Anke hatte ihm sogar eine Ersatzpflegekraft besorgt.

Trotzdem sprach der Chef nur noch das Nötigste mit ihr. Er war beleidigt, schien vergessen zu haben, dass Anke sehr loyal den krankheitsbedingten Ausfall zweier Kolleginnen direkt aufgefangen hatte. Sonjas Bandscheibenprobleme und Maries Migräneattacken.

Natürlich hatte der Chef Angst, dass Anke Hufland ganz aus dem

15

Dienst ausscheiden würde. Immer mehr hörten auf, total kaputt und total kaputt wollte Anke Hufland niemals sein.

Die Holzdielen knarrten, als sie zur Bettkammer hochstieg. Sie legte das Saxofon auf das Bett und schaute aus dem Fenster. Die Abendsonne schien ihr direkt ins Gesicht. Zufrieden schloss sie die Augen. Der Koffer blieb unausgepackt stehen.

Es war genauso windig, wie sie es gern hatte. Sich mit dem Rad gegen die raue Luft stemmen, Salz auf den Lippen und den Wimpern. Sie hatte wunderbar in ihrer Mühle geschlafen.

Heute Abend spielte eine Jazzband im Kurcafé. Sie freute sich darauf. Am Hafen hatte sie ein Fischrestaurant entdeckt. Sie sollte ihren Urlaub mit einer Fischplatte einläuten. Und mit einem Gläschen Deichgraf. Das hatte sie sich redlich verdient.

Über den Heideweg fegte der Sand. Radfahren war hier unmöglich, also schob sie ihr Rad bis zu einer geschützten Stelle in den Dünen. Sie wollte sich gerade setzen, als sie in der plötzlichen Windstille ein Stöhnen hörte. Bitte kein neuer Sterbe- oder Pflegefall! Eine Leiche war das jedenfalls nicht. Sex in den Dünen – und ausgerechnet Anke Hufland musste da hineingeraten.

Schnell schob sie ihr Rad weiter und war froh, als sie endlich wieder aufsteigen und Tempo machen konnte, auch wenn ihr der scharfe Wind Tränen in die Augen trieb. Die Vorfreude auf die Fischplatte und das Jazzkonzert stellte sich wieder ein, aber sie konnte den Gesichtsausdruck der Frau mit der weißen Haarsträhne nicht wirklich vergessen. Wie konnte bloß jemand so traurig aussehen? Vielleicht war es einfach noch zu kalt für die Liebe.

Anke Hufland kehrte im Teehaus ein. Sie mochte das Stövchen mit der gleichfarbigen Kanne und die Ostfriesentorte. Heute war ein Schlemmertag.

Endlich kam sie dazu, ihren Koffer auszupacken. Das Radio dudelte Popmusik vor sich hin. Zum Glück keine Nachrichten. Sie legte ihren Troyer, die T-Shirts und die Lederjeans in den Schrank. Für besondere Gelegenheiten hatte sie ein weißes und ein schwarzes Herrenhemd dabei. Zur Fischplatte war eher das schwarze dran, falls sie sich beim Entgräten oder Knacken der Krebsschwänze bekleckerte. Sie zog die Lippen dunkelrot nach, tuschte die Wimpern zweimal und legte ein wenig Parfüm auf. Zu Heins Huis ging sie zu Fuß. Das Kinderkurheim *Seepferdchen* war hell erleuchtet.

An der Rosenhecke blieb sie stehen.

Lachen drang aus dem Haus. Anke Hufland schaute durch das große Fenster in den Speisesaal. Fischplatten aßen die nicht. Sah aus wie Spaghetti mit Rührei. Nicht unbedingt ihr Lieblingsgericht. Der Kleinen am Fenstertisch schien es aber zu schmecken. Die Spaghetti hingen ihr wie weiße Wattwürmer aus dem Mund.

Jemand trommelte von außen mit den Fäusten ans Fenster. Neben Anke starrte die Frau aus den Dünen in den Speisesaal.

Der Bagger prescht los. Die Schaufeln kommen näher und näher. „Du isst, was auf den Tisch kommt", schreit der Drache. „Es gibt hier keine Extrawürste für dich."

Das Ei in den Backentaschen verstauen. Bald ist der Mund so voll, dass alles wieder hervorquillt. Der Bagger schaufelt weiter. Ich kotze mir die Seele aus dem Leib. Eine Seele gehört zu einem. Die Seele vergräbt sich in warmem Brei.

Die Frau musste sich angeschlichen haben. Kannte sie etwa die Kleine? Das Mädchen blickte kurz von ihrem Spaghettiteller auf und winkte mit der Gabel. Die Frau mit der weißen Haarsträhne seufzte erleichtert, drehte sich zu Anke um und sagte: „Ich passe nur auf die Kleine auf."

Sie gab Anke die Hand und verschwand in der Dunkelheit.

„What a difference a day makes", sang die Jazzsängerin und sprach Anke Hufland damit aus dem Herzen. Sie klatschte nach dem ersten Set besonders laut. Der Gitarrist schaute zu ihr herüber und verbeugte sich leicht. In der Pause schlenderte er zu ihrem Stehtisch und stellte ein Glas Prosecco vor sie hin.

„Sie sind das erste Mal hier?"

War wohl eine rhetorische Frage.

„Etwa Ambitionen auf den Titel der Rosenkönigin?"

Was sollte das nun wieder? „Ganz schön von sich eingenommen", dachte Anke, aber das war bei Gitarristen nichts Neues. Sein grauer Anzug betonte das Grau seiner Augen hinter der Nickelbrille. Ein guter Gitarrist war er, das musste Anke zugeben. Ehe sie sich versah, waren sie für ein weiteres Glas nach dem Konzert verabredet.

Beim zweiten Glas Sekt blieb es allerdings nicht.

„Ich bin übrigens Jens, der Dorffotograf. Ich mache die Fotos für den *Wellenbrecher*."

Nachdem Anke Hufland sich als Saxofonistin geoutet hatte, lud Jens sie zu den Bandproben der Shellsounds in Freddys Kajüte ein. Insgeheim hatte Anke schon darüber nachgedacht, sich mit ihrem Saxofon in das Bandprogramm mit ein zwei Nummern einzubauen. Immer nur so für sich allein zu spielen, war nicht wirklich prickelnd. Manchmal stellte sie im Netz anderen Musikern ihre Songs vor, gegen einen Live-Auftritt war das jedoch nichts. Ihre alte Band war längst aufgelöst. Timo genoss Vaterfreuden und hatte nie Zeit. Babsi war dabei, die Karriereleiter zu erklimmen, Marc engagierte sich nur noch in der Schwulenszene, Roland kämpfte gegen den Prostatakrebs und Anke Hufland ließ sich von ihrem Chef ausbeuten.

Jetzt war Schluss damit, sie stand schließlich hier am Stehtisch am Meer mit dem dritten oder vierten Glas Sekt und unterhielt sich mit einem attraktiven Gitarristen.

Jens bot ihr an, sie als nächtlichen Begleitschutz zu ihrer Mühle zu bringen. Als ob sie das nötig gehabt hätte! Aber sie nahm sein Angebot an. Sie wählten den Weg am Strand entlang. So dumm war sie schon mit siebzehn gewesen, als sie vor dem ganzen Abistress auf der Nordseeinsel neue Energie auftanken wollte. Nach dem Discobesuch hatte der Bundeswehrtyp sie zu ihrer Pension begleitet und ihr hoch und heilig geschworen, dass sie mit ihm keine Angst zu haben brauchte. Hatte sie dann doch, als er sie plötzlich festhielt und ihr die Beine weg zu kicken versuchte. Sie musste ein natürliches Selbstverteidigungstalent haben, denn es war ihr auch ohne spezielle Ausbildung gelungen, ihm den berühmten Eierkick zu verpassen und ihn für das nächste Manöver untauglich zu machen.

Jens schien nicht zu dieser Sorte Mann zu gehören. Er erzählte ihr von seiner Band und seinen Zukunftsvorstellungen. Wer wollte schon immer und ewig Fotograf für den *Wellenbrecher* sein. Gerade als Anke Hufland sich in seiner Gegenwart so richtig wohlzufühlen begann, griff er plötzlich nach ihrer Hand.

Also doch so ein Typ!

„Mensch, guck dir das an."

Vor ihnen brannten drei Strandkörbe. Bei dem Wind würde das Feuer blitzschnell auf andere Körbe übergreifen, die in der Vorsaison zusammengepfercht dastanden und nur bei wärmerem Wetter benutzt wurden.

Jens raste zum nächsten Haus und alarmierte die Feuerwehr. Dann war er wieder zurück.

Anke schob einige der noch vom Feuer verschonten Strandkörbe weg.

„Spinnst du?", schrie sie Jens an, als der, statt ihr zu helfen, die Kamera zückte und Fotos schoss.

„Das werden geile Fotos", sagte Jens zufrieden, half ihr dann aber mit dem Wegrücken.

Die Feuerwehr konnte den Brand schnell löschen, vermieten ließen sich die betroffenen Strandkörbe allerdings nicht mehr.

„Brandstiftung", da waren sich alle einig.

Jens hatte gleich Heino Kramer, den Strandkorbvermieter im Verdacht. Seine Strandkörbe waren unmodern und vermieten ließen sie sich nur noch mit Mühe. Da wäre eine anständige Versicherungssumme eine willkommene Hilfe. Ein Feuerwehrmann tippte auf jugendliche Touristen, die mit ihrer Freizeit nichts anfangen konnten.

Den Rest des Weges ging Anke Hufland allein zu ihrer Mühle. In Jens war wohl der Privatdetektiv erwacht. Außerdem musste er seine Fotos für die Zeitung entwickeln.

Da die Fischplatte nach dem Blick auf die Spaghettirühreiteller ausgefallen war und der Prosecco auf nüchternen Magen seine Wirkung zeigte, schmierte sie sich ein paar schlichte Käseschnitten. Spaghettirührei oder Krebsschwänze hätte sie jetzt ohnehin nicht mehr vertragen.

IV

Die Wettervorhersage war gut. Gegen Mittag grub sich die Sonne aus den Wolken. Der Wind trug seinen Teil dazu bei. Über ganze 18 Grad noch vor dem Sommer konnte man nicht klagen.

Clara und Patrick machten es sich in ihrem Strandkorb gemütlich. Patrick kämpfte mit der Tageszeitung. Ein Teil war ihm vorhin einfach davongeflogen. So erfuhr er nicht, dass eine Flutwelle zwei Dörfer einfach weggeschwemmt hatte, dass eine neue Dürre drohte, wie viele Menschen durch das Erdbeben umgekommen waren.

„Was sich das Meer hier alles einverleiben könnte", dachte Clara. Sandburgen, Schaufeln, Förmchen, Bälle und die Kinder vom *Seepferdchen*, die unbesorgt an der Flutlinie Muscheln in ihre bunten Eimer sammelten. Clara stand auf. Sie brauchte noch Herzmuscheln für die Fensterbank.

Das kleine Mädchen vom Fenstertisch hatte ihren roten Eimer fast voll. Clara warf einen Blick hinein.

„Du sammelst nur eine einzige Sorte Muscheln."

Clara wusste selbst nicht, ob das eine Frage oder eine Feststellung von ihrer Seite war. Die Kleine antwortete nicht.

„Das sind Schwertmuscheln", sagte Clara. „Die sind sehr spitz und sehr scharf."

„Ja", sagte das Mädchen. „Und schön."

„Und was machst du mit den vielen Schwertmuscheln?"

„Stechen." Die Kleine schlug sich erschrocken auf den Mund.

„Wie alt bist du?"

Das Mädchen hielt erst vier, dann fünf Finger hoch.

„Und wie heißt du?"

Keine Antwort.

„Ich heiße Clara."

„Ich bin Gesche."

„Was für ein schöner Name, Gesche."

„Clara ist auch schön."

„Stimmt", sagte Clara. „Ich will Herzmuscheln sammeln, die zarten, rosafarbenen für meine Fensterbank."

„Aber die stechen nicht."

„Wozu sollen Muscheln denn stechen, Gesche?"

„Weiß ich nicht." Die Kleine drehte sich um und stapfte davon. Nach ein paar Schritten kam sie zurück. „Kannst du schreiben, Clara?"

„Klar kann ich schreiben. Ich bin doch schon groß."

„Schreibst du für mich eine Karte an Mama?"

„Was soll ich denn schreiben?"

„Hol mich ab, Mama. Hol mich ab, wenn du mich lieb hast. Schreibst du das? Versprochen?"

„Wo wohnt deine Mama denn?"

„Dortmund."

„Und wo in Dortmund?"

„Am Düker 7."

„Hast du denn eine Ansichtskarte?"

„Kaufst du mir eine? Mit Seehunden drauf."

„Geeeesche! Wo bleibst du?"

Die Kinderbetreuerin war herbeigeeilt, zog Gesche am Arm mit sich fort und warf Clara einen bösen Blick zu.

„Versprichst du es?", rief die Kleine und blieb ruckartig stehen. Einige Schwertmuscheln fielen dabei aus dem vollen Eimer in den Sand.

Clara war sich nicht sicher, ob Gesche ihr Nicken gesehen hatte. Versprochen war versprochen, aber dann fiel ihr ein, dass sie den Nachnamen des Mädchens nicht kannte. Clara hob Gesches Schwertmuscheln auf. „Spitz und sehr scharf", dachte sie.

Patrick faltete die Zeitung zusammen. „Gestern haben am Südstrand Strandkörbe gebrannt. Wusstest du das, Clara?"

„Ich muss eine Postkarte kaufen."

„An wen willst du schreiben?"

„An Mutter." Patrick wusste ja nicht, dass Mutter nachts durchsichtig im Sessel saß.

„Clara, deine Mutter ist tot. Mir wird langsam kalt. Guck dir die dunklen Wolken an. Ganz schön daneben der Wetterbericht. Lass uns ins Wellenbad gehen."

Anke Hufland zog ihren türkisblauen Badeanzug an. Zwanzig Bahnen wären für den Anfang genug. Jeden Tag ein paar dazu und sie hielte sich fit, zusammen mit den täglichen Radfahrten und den Strand- oder Dünenwanderungen ein beachtliches Programm. Nur den Deichgraf- und Proseccokonsum sollte sie einschränken.

Sie hechtete mit einem Kopfsprung ins Wasser. *Springen vom Becken-rand verboten!*

Sie kraulte los. Noch zehn Minuten, dann würde die Wellenmaschine aktiv werden. Fast hätte Anke die Frau, die ruhig auf dem Rücken auf dem Wasser lag, aus ihrer Ruhe herausgekrault. Weshalb manche Leute überhaupt ins Schwimmbad gingen?

„Gut durchtrainiert", sagte der Mann, der nach ihrer fünfzehnten Runde neben ihr den Beckenrand berührte.

„Man tut, was man kann", sagte Anke und schüttelte die Tropfen aus ihrem Haar. „Lust auf 'nen Kaffee?"

Der Mann schaute sie erstaunt an. „Warum nicht? Ich sage eben meiner Frau Bescheid."

Seine Frau entpuppte sich als die Wasserboje, die Fensterscheiben-trommlerin und die Frau aus der Düne. Okay, der Ort war klein, aber diese häufigen Begegnungen waren doch seltsam.

Der Mann steuerte auf einen der Tische zu und zog seinen Bademantel an. Auf dem Tisch lag eine Ansichtskarte. Zwei Seehunde lagen auf einer Sandbank in der Sonne. Der Mann drehte die Karte um und las. Er schüttelte den Kopf.

„Meine Frau steht zurzeit noch unter Schock. Sie hat gerade ihre Mutter verloren."

„Ziemlich mitteilsam, dieser neue Fitnesspartner", dachte Anke, las dann aber auch, was auf der Karte stand und verstand.

Auf einem Tablett balancierte die Frau drei große Kaffeebecher.

„Und Sie wohnen in der alten Mühle?"

Spionierte die ihr etwa nach?

„Vor zig Jahren war die noch in Betrieb."

„Waren Sie schon einmal hier?"

„Ich bin Clara. Mein Mann heißt Patrick."

Nicht unbedingt eine Antwort auf die Frage. Anke stellte sich auch vor. Über ihren Kaffeebecher hinweg betrachtete sie ihre Urlaubsbekanntschaft. Die Frau sah nach wie vor traurig aus. Ihr Gesicht hellte sich auf, als eine Kindergruppe hereinstürmte. Da war auch die Spaghetti-Kleine wieder. Mit ihren roten Schwimmflügeln und ihrem rot-schwarz gepunkteten Badeanzug sah sie wie ein Marienkäfer aus. Schwimmstunde für die Kleinen. Da das Marienkäferchen nicht ins Becken wollte, half die Betreuerin lachend nach. *Schwups*, lag der Käfer mit nassen Flügeln strampelnd im Wasser. Die Frau mit der weißen Haarsträhne sprang auf. Ihr Stuhl polterte zu Boden.

Die Kleine krabbelte aus dem Wasser.

„Hast du die Karte geschrieben?"

„Habe ich, eine Seehundkarte. Aber wie heißt du mit Nachnamen? Ohne den kann ich die Karte nicht abschicken."

„Lorenz, Gesche Lorenz", sagte die Kleine, bevor sie zum Beckenrand zurückhüpfte.

„Niedlich, was ist das für ein Kind? Kennen Sie es?"

„Das Kind heißt Gesche Lorenz und möchte nach Hause zu seiner Mama."

„Misch dich da bloß nicht ein, Clara." Der Mann legte den Arm um seine Frau und lächelte verlegen. Clara starrte auf die Kinder im Wasser. Gesche tobte jetzt mit den anderen.

„Haben Sie schon von dem Strandkorbbrand gehört?", wollte Patrick wissen.

„Ob man den oder die Schuldigen findet?"

„Das wird schwierig", sagte Anke, als ob sie mehr wüsste.

Überrascht sahen Clara und Patrick sie an.

„Ich habe den Brand zusammen mit einem Bekannten entdeckt. Er ist Fotograf beim *Wellenbrecher*."

Warum sie das unbedingt mitteilen musste? Imponiergehabe oder ganz banale Klatschsucht?

„War das Brandstiftung?" Claras Interesse schien geweckt.

„Dorfhooligans." Für Patrick war die Sachlage klar.

„Weshalb sind Sie eigentlich hier?", fragte Clara plötzlich.

„Ferien für mich und mein Saxofon."

„Sie spielen Saxofon?" Patricks Augen blitzten auf.

„Vielleicht spiele ich demnächst mit den Shellsounds in Freddys Kajüte."

Wieso musste sie ihre neuen, geheimen Träume gleich jedem mitteilen? Die Seeluft war schuld, dass sie so redselig wurde. Immerhin nicht verkehrt, von Anfang an Urlaubsbekanntschaften zu haben. Anke Hufland war schließlich ein Kommunikationswesen. So ganz ohne andere Menschen, nur mit dem Saxofon, war eben auch nichts.

Clara beobachtete die Kinder, die in Zweierreihen zu den Duschen marschierten. „Lass uns gehen", sagte Clara. „Ich muss die Karte noch einwerfen."

„Wir sehen uns", sagte Patrick und ging Hand in Hand mit Clara zu den Umkleidekabinen. Warum Clara die Postkarte mit den Seehunden so wichtig war, verstand Anke nicht wirklich. Eine seltsame Frau, diese Clara.

„Und? Du bist nicht seltsam?", fragte eine innere Stimme. „Einfach so ans Meer zu fahren für so lange Zeit?" Am besten sie zöge noch ein paar Bahnen im Tiefen, bevor die Wellenmaschine wieder ansprang.

Auf dem Weg zu ihrer Mühle musste sie am Kinderkurheim vorbei. Gesche saß auf den Treppen und spielte mit Streichhölzern. Der Wind blies immer wieder die kleine Flamme aus.

„Man spielt nicht mit Feuer", rief Anke Gesche zu.

Die streckte ihr die Zunge heraus und verschwand durch die Tür.

Anke kochte sich eine große Portion Tortellini mit Pilzen und Sahne. Schwimmen machte Hunger. Der Wind rüttelte an den Mühlenfenstern. Ihr neues Domizil war ein bisschen marode. Daher wohl der erträgliche Mietpreis. Aber Luxus war Anke sowieso nicht gewöhnt.

Nach dem Essen griff sie zum Saxofon. Sie dudelte ein wenig herum und dann hatte sie einen neuen Song im Kopf. *Don't listen to the wind.*

V

Neun Uhr. Jemand klopfte an die blaue Tür. Patrick schlief noch. Clara küsste ihn auf die Nase, aber auch das weckte ihn nicht. Clara schlüpfte in ihre Jogginghosen und öffnete die Tür.

„Post für Sie." Der Briefträger reichte ihr einen Brief. „Schönstes Wetter heute. Und noch nicht am Strand?"

„Soll ich die Post rüber zum *Seepferdchen* bringen?"

Der Briefträger zögerte. „Wenn Sie da vorbeikommen, okay. Vielen Dank auch. Dann komme ich früher zum Surfen."

Clara lächelte. Das hatte also geklappt. Sie setzte Kaffee auf und las die Karten an die Kinder.

Mein lieber Junge, ich bin froh, dass es dir dort so gut gefällt.

Liebes Mäuselein, schön, dass du dich gut erholst.

Liebe Amelie, ich freue mich, dass alle so nett zu dir sind.

Hallo Schatzi, du hast schon zwei Pfund zugenommen? Noch vier Wochen und du bist wieder bei uns. Wir vermissen dich sehr."

Wir vermissen dich sehr.

Keine Karte, auch kein Brief für Gesche.

Clara zog sich an und lief hinüber zum Kinderkurheim. Richtig frühstücken würde sie später, wenn Patrick wach war.

Da niemand an der Rezeption war, legte sie die Post einfach dort ab. Die Kinder waren ausgeflogen, spielten sicherlich bei dem schönen Wetter längst am Strand.

Nicht alle. Sie hörte ein Räuspern aus dem Raum nebenan. Sie warf einen Blick durch die offene Tür. Ein Mann saß am Schreibtisch. Der Kinderarzt, der einmal die Woche ins *Seepferdchen* kam. Die kleine Gesche saß neben ihm und wickelte Mullbinden auf. Bei dem herrlichen

Wetter! Gesche schaute plötzlich hoch, als ob sie Clara in der offenen Tür bemerkt hätte. Schnell legte sie beide Hände auf den Mund.

„Was ist los, Gesche? Willst du nicht weitermachen?"

Clara zog sich leise zurück. Es hatte sich nicht viel geändert, dachte sie. Strafen für die, die nicht taten, was man ihnen sagte.

„Hast du geheult?"

„Hab' ich nicht."

„Und woher kommen die roten Flecken im Gesicht?"

„Vom Wind."

„Erst sich vollpullern und dann noch frech werden, die Göre. Hör auf zu lügen, du hast dir auch wieder die Arme blutig gekratzt."

Der Drache zischte. Er stellte die grünen Nackenschuppen hoch. Eine Flamme schlug ihm aus dem Maul.

Der Kaffeeduft hatte Patrick geweckt. Clara hörte, wie er duschte. Sie legte ihm den *Wellenbrecher* neben die Tasse und packte ihre Strandtasche. Lichtschutzfaktor 30, das reichte. Puschkin zog an der Leine.

Nachdem er sich am Strand ausgetobt hatte, holte Clara ihren Skizzenblock aus der Tasche. Ein aufgewühltes Meer hinter brennenden Strandkörben. Ein kleines Mädchen hockte mit aufgerissenen Augen im Sand. Am Bildrand verschwand eine dunkle Gestalt.

„Nicht direkt eine Meeridylle", sagte Patrick, der nach seinem einsamen Frühstück nun auch zum Strand gekommen war und ihr über die Schulter sah. „Und sag mir doch bitte nächstes Mal Bescheid, wohin du gehst, Clara. Ich wandere ein bisschen am Strand entlang."

Clara zeichnete weiter. Eine Dünenlandschaft, in der eine Frau überdimensionaler Größe saß, einen Austernfischer auf der Schulter. Aus den Wellen loderten Flammen zum Himmel. Zeppeline, Möwen und ein Seehund schwebten in den Wolken.

„Frische Aale, frische Aale."

Clara kaufte einen, nicht zu fett, nicht zu dünn. Und ein Schälchen Krabben.

Die Surfer trugen ihre Bretter zum Wasser. Bunte Froschmänner, die in der Sonne leuchteten. Clara entdeckte den Briefträger. Etwas zu dick für den Surfanzug. Wie eine grüne Gummiwurst. Jetzt watete die Wurst in die Wellen.

„Wunderbar, Aal und Krabben." Patrick ließ sich neben Clara in den Strandkorb fallen.

Anke Hufland durchstöberte den Buchladen. Es gab unendlich viele Kriminalromane, Rätselhefte und Modezeitschriften. Mit dem neuen Ian Rankin und einem Riesenschokohimbeereis setzte sie sich im Kurpark auf eine Bank. Die Rosen hatten schon Knospen. Anke zog ihre Schuhe aus und betrachtete ihre blau lackierten Fußnägel.

„Hübsch", sagte Jens. „Passt zum T-Shirt." Er ließ sich neben sie auf die Bank fallen. „Heute keine Lust auf Strand? Was liest du da? Ian Rankin? Sagt mir nichts."

„Sollte dir aber. Gibt es was Neues vom Strandkorbbrand?"

„War vermutlich nur so ein dummer Scherz. Kommst du heute zu unserer Probe?"

„Und wo spielt ihr? Bei Freddy?"

„Bei mir höchstpersönlich. Ich wohne direkt neben der alten Molkerei. Sagen wir um acht?"

Acht Uhr war gut, so konnte Anke noch eine ganze Zeit lang in der Sonne sitzen und ihren Krimi genießen. Mit John Rebus durch Edinburghs Straßen streifen und später ihren neuen Song üben, damit sie die Band beeindrucken konnte. Anke schüttelte den Kopf. Warum sie urplötzlich immer irgendjemanden beeindrucken musste? Sag bloß, ihr fehlte etwas.

Punkt acht Uhr stellte Anke ihr Fahrrad an der Molkerei ab. Eine vom ambulanten Pflegedienst war eben pünktlich. Andere Fahrräder standen noch nicht an der Mauer.

Auch Jens schien kein Gespür für die Uhrzeit zu haben. Er strich sein Gartenhaus an.

„Schon acht?", lachte er. „Bang on time." Er setzte den Satz gleich in Vokalmusik um, während er sich die Hände an einem dreckigen Lappen abwischte.

„Mein Reich." Stolz hielt er Anke die Tür zu seiner umgebauten Scheune auf.

„Wow, du machst ja tolle Bilder." Überrascht drehte Anke sich zu Jens um.

„Klaro, du stehst hier im Haus eines Multigenies."

„Gar nicht eingebildet, was?" Anke betrachtete die Fotos, die in verschiedenen Formaten an den Wänden hingen. Eine seltsame Mischung.

Musikinstrumente am Himmel, im Meer, auf dem Sand. Kam ihr halbwegs bekannt vor. Wohl doch kein Multigenie, aber trotzdem wirkungsvoll die Querflöte knapp über den Wellen. Ein goldenes Saxofon unter Wasser, eine dicke Pauke in der noch dickeren Wolke. Ein Vulkan spie Geigen mit der Lava aus. Zusammenfallende Hochhäuser und in den Trümmern Triangel spielende Kinder.

„Als ob ich jemals eine echte Katastrophe selbst erlebt hätte", erklärte Jens. „Höchstens mal ein bisschen Hochwasser. Aber ich will hier in diesem Kaff ja nicht festhängen. Stell' dir eine Jazzsession zum Thema Sturmflut vor. Musik liegt in der Luft", trällerte Jens los, griff nach seiner Gitarre und forderte Anke Hufland bei *Beach on fire* zum Mitspielen auf.

„Hey, du kannst ja richtig was." Jens war sichtlich überrascht. „Der Abend in Freddys Kajüte steht. Du bist dabei. Volkmar und Jan kommen erst später. Griet kann heute nicht. Die hat einen Auftritt in Aurich."

Anke wischte sich die schweißnassen Hände an ihrer Jeans ab. Erste Bewährungsprobe bestanden. Ihr war doch etwas mulmig zumute gewesen.

„Zeig, was du sonst noch drauf hast."

Anke spielte Jens einen Teil ihres Lieblingsrepertoires vor. *Don't listen to the wind, no man in my heart.* Kinderlied.

Jens summte leise mit, griff auch mal in die Gitarrensaiten, forderte sie zur Improvisation auf oder hörte still und konzentriert zu.

„Okay, den Wind und das Herz nehmen wir in unser Programm. Vielleicht noch etwas rockiger. Den Kurgästen ein bisschen mehr Leben unter die faule Haut spielen. Wie lange, sagtest du, bleibst du?"

Das war die große Frage. Im Moment hatte Anke keinen Drang zurückzukehren. Gestorben wurde auch ohne sie. Sollten andere spritzen, Katheter legen, Verbände wechseln oder Sauerstoff zuführen, Hände halten und Trost spenden. Gleich hatte sie wieder dieses schlechte Gewissen, aber jeder Mensch war ersetzbar. Sollten doch Jüngere …

„Lass uns zu Freddy gehen. Ich habe eh nichts Trinkbares im Haus. Dann kannst du dich schon einmal mit der Location vertraut machen."

„Ich dachte, wir warten auf Volkmar und Jan."

„Die werden uns schon finden."

Allzu große Überredungskünste brauchte Jens nicht anzuwenden, denn da saß Anke bereits im Sattel. Jens fuhr dicht neben ihr. Zwei bewegliche Schatten im Licht der Feuerbake.

VI

„Warum muss ich jetzt baden? Die anderen wandern alle zur Vogel-
koje. Da will ich auch hin. Den Austernfischern und Strandläufern guten Tag sagen. Was soll ich mit dieser Sitzbadewanne hier? Warum in
der Glasveranda?"

„Los, zieh dich aus."

Ich rühre mich nicht.

„Bist du taub?"

Ich höre nicht.

Der Drache macht sein bösestes Gesicht und presst die dicken Dra-
chenlippen zusammen.

Ich sehe nicht.

„Wirds bald?"

Ich spreche nicht, ich bewege mich nicht.

Der Drache beugt sich zu mir herunter. Sein grün-gelbes Haar sticht
zu. Er reißt mir die Kleider vom Leib, greift mir unter die Arme, hebt
mich hoch und stellt mich in die Wanne. Begießt mich von oben mit
Milchwasser.

Ich spüre nichts, fühle nichts.

Der Drache gießt. Das Milchwasser klatscht wie dicke Regentrop-
fen in die weiße Brühe. Der plötzliche Luftzug macht Gänsehaut. Eine
dunkle Wolke fällt vom Himmel in die Wanne. Eiskristalle auf der
Haut.

„Teufelsbalg, du."

Mein Segelschiff tanzt auf den Wellen. Ich höre Vogelstimmen, Flü-
gelschwingen. Seeadler kreisen an der Verandadecke. Sterne ziehen auf.
Der Zundelfrieder stürzt im Funkenflug mit Feuerlilien vom Mond.

„Soll ich dir etwas vorlesen, Clara?"

„Siehst du den Lichtschimmer auf dem Deich? Da laufen brennende
Fackeln."

„Hör auf, Gespenster zu sehen. Komm, setz dich zu mir." Patrick
klopfte auf das Sofa.

„Da graben sich weiße Würmer aus dem Watt. Sie schwimmen durch

Priele und schlängeln sich die Salzwiesen entlang. Sie tragen Feuerräder in den Händen."

„Als ob Würmer Hände hätten." Patrick schüttelte den Kopf. „Hier, trink lieber dieses Feuerwasser." Patrick trat zu ihr ans Fenster.

Mit einer heftigen Armbewegung fegte Clara ihm das Whiskyglas aus der Hand.

Clara griff sich den Anorak vom Garderobenhaken. Dumpf schlug die Tür hinter ihr zu. Puschkin hatte gerade noch mit hindurchschlüpfen können. Clara hastete am Kinderkurheim vorbei. Das Gebäude lag wie eine dunkle, geschlossene Muschel vor dem Deich.

Der Mond ist aufgegangen.
Die goldenen Sternlein prangen am Himmel hell und klar.
...
Das Meer liegt schwarz und schweiget
und aus den Tiefen steiget die nackte Angst so höllenwahr.

Wenn ich in mein Kopfkissen beiße, hört man mein Weinen nicht. Ich werde mich so lange verbeißen, bis mir die Luft ausgeht oder mein Feueratem das Bett in Brand steckt.

Anke Hufland saß kerzengerade im Bett. Der Wecker, sie musste zum Dienst. Zum Glück fiel ihr ein, dass sie frei hatte, in Urlaub am Meer war. Erleichtert ließ sie sich in die wohlige Wärme des Bettes zurücksinken. Sie drehte sich auf die andere Seite. Noch mal einschlafen. In der Dunkelheit konnte sie die Umrisse des Kleiderschranks nicht erkennen. Aber die Ohren konnte man nicht wie die Augen verschließen. Da war sie wieder, die Sirene, die sie geweckt haben musste. Was, wenn der rote Knopf längst gedrückt wäre? Wenn die Bomber schon über dem Meer waren? Wenn alle Friedensverhandlungen umsonst gewesen waren? Die Welt ließ Anke nicht in Ruhe. Sie konnte nicht einfach im Bett bleiben und abwarten. Seufzend knipste sie die Nachttischlampe an. Was für eine Funzel! Anke schlüpfte in ihre Kleider und ging los.

„Ich hätte sie nicht allein gehen lassen dürfen", dachte Patrick, als er die Deichböschung hoch keuchte. Er würde Clara nicht mehr einholen, wusste auch gar nicht, wohin sie verschwunden war. Vielleicht würde sie einfach in das nächtliche Wattenmeer hineinrennen, ohne an die Konsequenzen zu denken. Immer geradeaus, bis zur Insel. Typisch Clara, wenn sie in dieser verrückten Stimmung war. Und diese verrückten Stimmungen häuften sich, seitdem sie am Meer waren. Das Meer tat ihr nicht gut, obwohl sie es liebte. Abgöttisch, wie sie behauptete. Aber einmal hatte er sie im Nebel verloren. Dann war sie plötzlich neben ihm aufgetaucht, hatte völlig unzusammenhängend geredet. Patrick hätte sie gern geschlagen, wegen der Angst, die er gehabt hatte, doch da war sie schon wieder losgerannt und hatte das Haus vor ihm erreicht. Wortlos hatte sie sich in ihre Bettdecke gewickelt und war bereits eingeschlafen, als er sich über sie beugte. Patrick hatte die ganze Nacht wach gelegen und jetzt war wieder so eine schlaflose Nacht. Lange machte er das Theater nicht mehr mit. Er hatte sich diesen Seeaufenthalt anders vorgestellt. Komplett anders!

Oben auf der Deichkrone bot sich Patrick ein schreckliches Bild. Lebende brennende Fackeln rannten über den Deich. Schafe standen in Flammen, brannten sich ein in die Druckerschwärze des Himmels. Die entsetzten Tiere rannten in Panik wild blökend durcheinander.

„Clara!" Patrick schrie seine Verzweiflung heraus.

Wo war sie?

Ein Wasserstrahl traf Patrick hart am Rücken. Die Freiwillige Feuerwehr versuchte zu retten, was noch zu retten war. Jemand fotografierte seelenruhig. Für einige Schafe kam jede Hilfe zu spät. Kurgäste, Einheimische und Urlauber schrien durcheinander.

„Wir brauchen mehr Wasser."

„Weiß der Tierarzt Bescheid?"

„Die armen Tiere."

„Den Schlauch, Knut."

„Mensch, pass doch auf."

„Ich halte das nicht aus."

„Lass uns morgen abfahren."

„Weiter rechts."

„Verfluchte Scheiße."

„Wenn ich das Arschloch zu fassen kriege." Pit, der Dorfpolizist reckte die Faust in den Himmel.

Kommandos hallten durch die Nacht. Die Feuerwehrmänner trieben unversehrte Schafe vom Deich. Die Lämmer folgten ihren Müttern.

„Lämmchen, mein Lämmchen." Da hockte Clara mit einer verkohlten Tierleiche im Arm. Clara wimmerte und schaukelte hin und her.

Schau der Angst ins Gesicht, dann tut sie dir nichts. Fass sie an, die Angst, dann schlägt sie nicht zu. Geh ihr nach, dann läuft sie weg.

Gesche saß aufrecht in ihrem Bett. Sie lauschte in die Stille des Schlafsaals hinein. Im Nachbarbett drehte sich Anna im Schlaf. Hinten hustete eine. Irgendwo pupste jemand. Dann war wieder alles ruhig.

Leise zog Gesche Strümpfe und Schuhe an. Unter dem Kopfkissen holte sie die Tüte Schokolinsen hervor. Die fühlten sich ein bisschen weich und schmierig an, aber egal. Ihren geheimen Schatz hatte noch niemand entdeckt, auch wenn sie beim Einzug in das *Seepferdchen* alle Süßigkeiten hatte abgeben müssen. Die Schokolinsen hatte Clara ihr zugesteckt. Clara war lieb. Sie hatte die Seehundkarte geschrieben und sprach mit ihr, wenn sie sich trafen. Am Strand, im Schwimmbad und wer weiß, wo demnächst noch.

Gesche zog den Pulli über den Schlafanzug. Im Flur verspeiste sie fünf weiße und fünf rosafarbene Schokolinsen. Langsam lutschen, bis die Zunge auf die Schokolade im Inneren stieß. Mit ihrem Kuschellamm im Arm ging sie auf den Zehenspitzen zur Tür. Das Nachtlicht schimmerte matt. Gut, dass der Mond da war.

„Wer tut so was?“

Anke Hufland trat zu Jens, der gerade seine Fotoausrüstung einpackte.

„Hier läuft ein Irrer herum. Anders kann ich mir das nicht erklären.“

Anke glaubte nicht an einen Irren, solche Menschen waren meist friedfertig, wurden oft aber zu Unrecht verdächtigt und konnten sich selbst gegen Anschuldigungen nicht wehren.

Was für ein seltsamer Ort! Erst die Strandkörbe, jetzt die Schafe, lebendige Wesen. Nach dem Gesetz der Serie – und wenn man Krimiplots verfolgte, würde es eine allmähliche Steigerung von Brandstiftung geben. Schafe stecken sich nicht selbst an. Also what next?

Sollte sie abreisen? Abreisen, bevor noch mehr Unheimliches passierte? Standhalten statt flüchten. Das war doch Ankes Lebensmaxime. Der Satz machte jeden Abreisegedanken unmöglich. Wenn Tiere in Flammen standen, konnte sie nicht einfach den Kopf in den Sand stecken. Das hatte sie noch nie getan. Das würde sie auch im Urlaub nicht tun. Anke schloss einen Moment lang die Augen.

„Dem zieh ich die Haut bei lebendigem Leib ab“, hörte sie jemanden sagen.

„Halte den Sack auf. Nummer fünf.“

„Wenn ich das Schwein kriege.“

„Wahnsinn, blanker Wahnsinn.“

„Wieso Wahnsinn? Die wären früher oder später gekeult worden. Eine Frage der Zeit. Woanders wütet die Seuche bereits.“

„Komm, Hansen, trink erst mal einen Schluck.“

„Können Sie mir helfen? Meine Frau ist nicht mehr ansprechbar. Katatonischer Schub.“

Clara hielt das verkohlte Schaf fest umklammert.

„Kommen Sie“, sagte Anke sanft. „Das Tier braucht seine Ruhe.“ Sie löste Claras Hände und führte sie weg vom Deich. Clara überließ sich Anke wie eine Schlafwandlerin.

„Lämmchen, mein Lämmchen“, murmelte Clara, als sie am *Seepferdchen* vorbeikamen. Sie wollte nicht weitergehen und klammerte sich an der Hecke fest. Die Dornen zerstachen ihr die Hände.

„Lass uns nach Hause gehen, Clara.“ Patrick legte ihr seinen Arm um die Schultern.

„Nach Hause?“, flüsterte Clara in den Wind.

Im Flur roch es nach Putzmitteln. Die Haupteingangstür war verschlossen, aber in der Glasverandatür steckte ein Schlüssel. Gesche huschte hinaus. Wo versteckt sich das Heimweh? Im Müllcontainer oder hinter dem Deich? Im Sand, unter den Wellen, in Herzmuscheln? Das Heimweh saß ganz weit dort hinten im Meer. Sie konnte so weit nicht rausschwimmen. Der Wassermann würde sie holen und auf den Meeresgrund ziehen. Dann käme sie nie mehr nach Hause zurück, sie war keine Wassernixe. Das wusste Gesche genau, auch wenn sie nicht genau wusste, warum sie mitten in der Nacht hier draußen herumstrolchte, wieso sie das Heimweh finden wollte und ob Mama sie wirklich liebte.

VII

Frühstücksfernsehen im Urlaub war eine blöde Angewohnheit. Der Sprecher des Regionalsenders nahm kein Blatt vor den Mund: „Neuer Fall von Brandstiftung. Psycho-Serientäter am Werk? Wer wird das nächste Opfer? Kennt der Täter denn keine Gnade? Katastrophe für den Tourismus."

Das Frühstücksbrötchen schmeckte Anke nicht mehr. Jens waren Meisterfotos gelungen. Darauf war die Zeitung direkt abgefahren. Die Panik der Schafe ließ sich erkennen, Anke schlug den Lokalteil zu und schenkte sich Kaffee nach. Den brauchte sie jetzt.

Der Nachrichtensprecher holte tief Atem. „Kind aus dem Kinderkurheim *Seepferdchen* spurlos verschwunden. Leeres Bett in den Morgenstunden entdeckt. Wer hat dieses Mädchen gesehen?" Auf dem Bildschirm ein Gruppenfoto am Strand. Ein Pfeil zeigte auf die Kleine aus dem Schwimmbad. Sie schaute mit großen ernsten Augen in die Kamera. Alle anderen Kinder lachten und sagten: „Cheese."

Ein Kind konnte doch nicht einfach verschwinden. In so einem kleinen Ort! Das Kind war weg, seitdem die Schafe gebrannt hatten. Anke mochte das Mädchen, für das Clara sich so sehr interessierte. Clara und Gesche, zwei Seelen in Flammen. Was für ein seltsamer Gedanke.

Anke trank hastig den letzten Schluck Kaffee und machte sich auf den Weg. Auch wenn sie zurzeit nicht im Dienst war, das kleine Mädchen musste sie retten, wenn die Welt schon nicht mehr zu retten war.

Wo konnte ein Kind sich verstecken? Im Leuchtturm? Der rote Leuchtturm lag an der Nordspitze des Strands. Ob Gesche aber eine so weite Strecke allein hätte zurücklegen können? Und dann im Dunkeln? Kinder hatten doch Angst im Dunkeln. Die Sanddornbüsche sahen nachts wie Gespenster aus, die mit dünnen Armen winkten.

Anke trat heftiger in die Pedale.

Vielleicht war Gesche dem Leuchtfeuer gefolgt. Licht zog magisch an. Anke lehnte ihr Rad gegen den Zaun. Die Tür zum Leuchtturm war geschlossen. Oben konnte die Kleine also nicht sein. Dennoch schaute Anke prüfend hoch und untersuchte den Boden nach Fußspuren. Nichts, der lange Weg umsonst. Suchaktion als Fitnesstraining.

Wohin jetzt? Zur Robbenaufzuchtstation. Die war zusammen mit dem Aquarium Bestandteil von Kinderfreizeitprogrammen.

„Haben Sie zufällig das kleine Mädchen, das vermisst wird, gesehen?", fragte Anke die Frau an der Kasse.

„Das hätte ich Pit schon gemeldet", sagte die Frau. „Ich merke mir jedes Gesicht, das hier reingeht."

Trotzdem löste Anke eine Eintrittskarte für die Robbenaufzuchtstation, die gleichzeitig ein maritimes Museum war. Anke wanderte an den Fühlkästen vorbei und steckte ihre Hand in den letzten Kasten. Spitze Stacheln. Das war ein Seeigel. Anke überquerte die gläserne Brücke. Unter ihr schwammen Fische. Algen bewegten sich leicht im Wasser. Anke Hufland versuchte, eine Scholle zu streicheln. Sie sollte in Zukunft auf den bloßen Gedanken an eine Fischplatte verzichten.

Bei den Robben standen die meisten Kinder. Die Eltern würden Mühe haben, ihre Sprösslinge von dort wegzulocken. Zum Glück gab es an der Kasse Miniseehunde mit echtem Fell sowie Rauschmuscheln. Da hörte man das Meer, wenn man sich die an das Ohr hielt. Anke hoffte, dass das echte Seehundfell in Wirklichkeit unechtes war, sie wusste aber genau, wie die kleinen Seehundfiguren und die Rauschmuscheln Kinderherzen höherschlagen ließen.

Nirgendwo eine Spur von dem Mädchen. Enttäuscht wandte Anke sich dem Ausgang zu.

„Ich habe Ihnen doch gesagt, sie ist nicht hier."

Wieso musste die Frau an der Kasse Ankes Frust noch verstärken? Sie sollte die Suche aufgeben. Vielleicht war die Kleine längst im Kinderkurheim zurück. Aber dann sah Anke, dass Menschen mit langen Stangen die Salzwiesen absuchten. Hunde mussten hier angeleint werden. Wegen der Schafe, aber viele lagen ja jetzt stumm und verkohlt in schwarzen Plastiksäcken.

Wie es dem ollen Hansen wohl ging? Der lebte doch von den Schafen, verkaufte Schaffelle an Touristen und sorgte für Milchlammgerichte auf den Speisekarten der Restaurants.

Anke radelte zu der Katastrophenstelle auf dem Deich. Sie fand nichts außer verbranntem Gras und ein paar Schwertmuscheln. Die schwarzen Säcke waren schon abtransportiert. Brand- und Verwesungsgerüche förderten nicht unbedingt das Tourismusgeschäft. Auch hier keine Spur von dem Mädchen.

Anke hatte mächtigen Durst. Und Hunger. Sie war ja auch schon eine Zeit lang unterwegs. Freddys Kajüte lag auf dem Weg. Das würde noch mal ihre Lieblingskneipe hier werden.

„Pellkartoffeln und Brathering bitte. Und eine große Flasche Mineralwasser. War Jens heute schon hier?"

„Nee, der durchkämmt wie die meisten die Gegend nach der Lütten. Der gibt die Hoffnung nicht so schnell auf. Nee, Jens nicht, der ist zusammen mit Clara los."

„Und wird das was mit dem Konzert? Fleißig geübt?"

Wie konnte Freddy jetzt bloß an Musik und Konzerte denken?

Gesättigt und gestärkte suchte Anke noch eine ganze Stunde weiter. Sie entdeckte nicht eine einzige hilfreiche Spur. Sie setzte sich auf den Bootssteg am Hafen und schaute den Möwen zu, die sich ihre Beute aus dem Meer holten. Die weißen Flügel blitzten in der Sonne wie die Segel der Jachten. Ein friedliches Bild, das viel besser hierhinpasste als die Fernseh- und Zeitungsmeldungen.

„Sehen Sie den Punkt dort hinten auf dem Meer? Sehen Sie doch."

Clara stand plötzlich neben Anke und zeigte aufgeregt auf das Wasser hinaus.

„Da ist ein Boot. Das ist sie."

„Woher wissen Sie das?"

„Weil ich es weiß. Basta." Clara hielt Anke das Fernglas hin.

Angestrengt blickte Anke hindurch. „Aber das Boot ist leer. Da ist niemand."

„Doch, da ist sie. Sie liegt auf dem Boden und schläft."

„Das lässt sich von hier aus nicht sehen."

„Aber ich weiß es. Ich weiß es einfach. Basta, basta, basta. Wir brauchen ein Rettungsboot." Clara sprang in das erstbeste Motorboot.

„Was machen Sie da? Verlassen Sie sofort mein Boot", schrie der Schiffer, der aus dem Bootsinneren auftauchte und mit dem Schraubenschlüssel drohte.

„Ein Kind ist da draußen in Seenot", schluchzte Clara und zerrte an den Bootsleinen.

„Bitte", sagte Anke Hufland. „Lassen Sie uns hinausfahren. Ein Kind wird vermisst. Haben Sie die Nachrichten nicht gehört?"

Es brauchte einige Überredungsanläufe und -künste, bevor der Mann sein Boot startklar machte. Dann brausten sie endlich auf das offene

Meer hinaus. Clara hielt Ankes Arm fest umklammert. „Lieber Gott, lass uns sie finden."

Anke leckte sich die Salztropfen von den Lippen.

Das kleine Boot trieb herrenlos auf den Wellen. Der Schiffer drosselte den Motor. Clara sprang. Fast wäre sie in die Nordsee gefallen. Sie bückte sich.

„Da ist sie", rief Clara. „Sie schläft. Habe ich doch gesagt."

Clara hielt ein ziemlich durchnässtes Kind in den Armen.

„Bist du das, Heimweh?", fragte Gesche, als sie die Augen aufschlug.

Über das Funkgerät, das wie ein Ziegelstein aussah, informierte der Schiffer Pit, das Kinderkurheim und Dr. Römer, den Kinderarzt. Dann fuhren sie, das kleine Boot im Schlepptau, zum Hafen.

„Gleich bist du wieder zu Hause", sagte Anke leise und strich der Kleinen über das Haar.

„Zu Hause", flüsterte Gesche. Dann schlug sie plötzlich um sich. Es sah fast wie ein epileptischer Anfall aus. Nur der Schaum vor dem Mund fehlte. Gut, dass der Arzt gleich da sein würde.

Statt des Arztes stand Jens auf dem Bootssteg. Jens hatte ein sicheres Gespür für ungewöhnliche Ereignisse. Er schoss sein erstes Foto, als der Schiffer das Mädchen an Land hob.

„Ich hasse dich", schrie Clara Jens an.

„Recht hat sie", dachte Anke. Wie konnte Jens nur die Situation so für seine Fotosafari ausnutzen?

Clara versuchte, Jens die Kamera zu entreißen, aber Jens stieß sie weg. Die beiden würden keine Freunde werden, das war Anke klar.

Zum Glück fuhr endlich der Kinderarzt vor. Er leuchtete in Gesches Augen, fühlte ihren Puls und die Stirn. „Halb so wild", sagte er, gab ihr aber dennoch eine Spritze, ohne sich um Claras Protest zu kümmern.

Anke bestand darauf, mit dem Arzt zurückzufahren und die kleine Gesche im *Seepferdchen* abzugeben. Auch Clara war nicht dazu zu bewegen, dem Kind von der Seite zu weichen, obwohl es sich heftig gegen die Rückkehr ins Kinderkurheim gewehrt hatte.

„Ich will zu meiner Mama", weinte Gesche, bevor sie in sich zusammensackte. Die Spritze tat ihre Wirkung.

Die Kinder, die Fußball auf der Wiese spielten, hoben die Köpfe, als das Auto zeitgleich mit dem Polizeiwagen vor dem Haupteingang des *Seepferdchens* abbremste. Wie Schattenbilder erstarrten die Kinder in ihrer jeweiligen Stellung und beobachteten, wie der Arzt Gesche vom Rücksitz hob.

„Weiterspielen. Hier gibts nichts zu gaffen", rief eine Stimme aus der Tür.

Gehorsam befolgten die Kinder den Befehl. Der Ball flog durch die Luft und traf Clara mit Wucht am Ohr. Verwundert fasste diese sich an den Kopf, schüttelte sich und schaute zur Tür. Als ob der Ball von der Tür aus geworfen worden wäre.

„Da ist ja die Ausreißerin", sagte die Frau an der Tür. „Sofort in den Schlafsaal mit ihr."

Bevor die Rettungsbrigade sich in Bewegung setzte, hastete Clara schon den Gang entlang. Sie kannte sich aus hier. Jedes Kinderkurheim war gleich.

„Die kenne ich", flüsterte Pit Frau Jörgensen zu. „Die tickt nicht mehr richtig. Die habe ich schon mal vom Leuchtturm herunterholen müssen. Dachte wohl, sie könne fliegen."

„Trockene Sachen an und Bettruhe", sagte der Arzt.

„In das Bett da im Mittelgang. Wir mussten schon wieder die Bettwäsche wechseln. Vollgeschmiert mit Schokolade. Und wie oft die sich einpinkelt. In dem Alter."

Gesche stöhnte leise, als der Arzt sie ins Bett legte.

„Kleine Hysterikerin", sagte die Heimleiterin, während sie Dr. Römer zum Ausgang brachte.

„Das Mädchen braucht jetzt viel Ruhe. Ein paar Stunden Schlaf. Dann ein warmes Bad und Hühnersuppe. Ich schaue später noch einmal vorbei. Ich habe einen Hausbesuch. Hinnerks Zwillinge."

Clara deckte Gesche zu.

„Ich will mein Kuschellamm", murmelte Gesche, jedoch war ein Stofftier weit und breit nicht zu sehen. Vielleicht war das Lamm über Bord gegangen oder lag noch im Boot.

„Kommen Sie doch bitte gleich in mein Büro. Ich bin übrigens Frau Jörgensen, die Heimleiterin. „Wir kennen uns ja", sagte sie zu Jens, der gerade zur Tür hereinkam.

Was wollte der hier? Noch ein paar Fotos schießen?

„Sie können sich nicht vorstellen, wie froh ich bin, dass Sie mir Gesche zurückgebracht haben. Mein Gott, wenn wir sie nicht gefunden hätten. Was hätte ich der Mutter sagen sollen? Pits Suche war leider erfolglos, obwohl er sicher jedes einzelne Sandkorn durchsucht hat."

Clara schaute sich im Büro um. Gerahmte lachende Kinderporträts hingen an den Wänden. Von Gesche war keins dabei, aber Gesche lachte nicht allzu oft. Fast wie Schusche.

„Erzählen Sie, wie Sie die Kleine gefunden haben."

Da Clara keinerlei Anstalten machte und stattdessen auf die Kinderfotos starrte, berichtete Anke, wo und wie sie das Mädchen gefunden hatten.

„Wissen Sie, warum Gesche weggelaufen ist?", fragte Clara plötzlich.

„Gesche Lorenz ist ein schwieriges Kind. Mit fast fünf Jahren ist sie immer noch nicht sauber. Sie isst sehr schlecht und scheint sich ziemlich verspätet in einer infantilen Trotzphase zu befinden."

„Sie sammelt Schwertmuscheln", sagte Clara unvermittelt.

„Was wissen Sie schon." Frau Jörgensen schüttelte ärgerlich den Kopf.

„Mehr als Sie denken. Hast du die Fotos gemacht", fragte Clara Jens. Der nickte stolz.

„Haben Sie Kontakt zu den Eltern?", wollte Anke wissen.

„Frau Lorenz ist alleinerziehend. Ich weiß nicht, was mit dem Vater ist. Vielleicht weiß Ariane mehr. Ariane ist die Betreuerin der Gruppe. Gesche ist unser jüngstes Kind hier. Ariane, kannst du mal kurz in mein Büro kommen?", rief sie.

Ariane stand kurz danach in der Tür.

„Erzähl uns ein wenig von Gesche."

„Gut, dass sie wieder aufgetaucht ist. Wir haben uns solche Sorgen gemacht."

„Mögen Sie das Kind?", fragte Clara.

„Natürlich mag sie sie", warf Frau Jörgensen ein. „Wir mögen alle unsere Kinder hier."

„Wie lange ist Gesche schon hier?", wollte Anke Hufland wissen.

„Seit zwei Wochen und sie bleibt noch vier. Sechs Wochen dauert schon so eine Kur."

„Dann ist sie aber extrem lange von zu Hause weg." Anke dachte daran, dass sie erstmalig mit vierzehn ohne ihre Eltern in Urlaub gefahren war, aber mit einer befreundeten Familie.

„Wir haben viele Kinder mit ähnlichen Gesundheitsproblemen. Lungenemphysem, Schuppenflechte, endogene Ekzeme, Appetitlosigkeit. Das kriegen wir bei den meisten gut in den Griff. Gesche ist etwas schwierig", erklärte Ariane. „Wenn sie ihren Kopf nicht durchsetzen kann, greift sie zu dubiosen Mitteln. Sie verweigert das Essen, obwohl sie zunehmen soll. Wie sie heimlich an Süßigkeiten wie Schokolinsen kommt, keine Ahnung, aber sie versteckt sie unter ihrem Kopfkissen und verschmiert alles. Sie nässt manchmal noch ein. Sie spielt selten mit den anderen Kindern, weint oft. Kurz, sie macht, was sie will."

Clara und Anke schauten sich an.

„Sie wissen ja, wie das ist", mischte Frau Jörgensen sich wieder ein. „Alleinerziehende Mütter haben meist ein schlechtes Gewissen. Sie sind nicht immer konsequent genug in der Erziehung."

„Konsequent sind Sie ja hier", sagte Clara. „So konsequent, dass Kinder weglaufen."

„Was erlauben Sie sich?" Frau Jörgensens Empörung war deutlich zu spüren. „Wer sind Sie überhaupt?"

„Ein *Rosentor*-Kind." Clara verließ ohne Abschiedsgruß das Büro.

„Kann ich Gesche noch einmal sehen, bevor ich gehe?" Frau Jörgensen und Ariane begleiteten Anke Hufland in den Mädchenschlafsaal. Gesche lag auf dem Bauch. Das Kopfkissen war nass.

„Gehst du heute Abend mit mir essen? Heins Huis? Da gibt es super Fischplatten und wir haben doch Grund zu feiern."

Jens war immer noch da. Was trieb er sich hier vor dem Kinderkurheim herum?

„Grund zum Feiern?" Anke strich sich müde eine Haarsträhne aus dem Gesicht. „Dass ein kleines Mädchen allein auf das offene Meer hinausfährt? Dass man ihr in dem Alter eine Beruhigungsspritze gibt? Dass es sechs ganze Wochen lang von zu Hause getrennt ist? Nein, Jens, ich habe absolut keine Lust zum Feiern."

„Morgen Abend vielleicht?" Jens ließ nicht locker. „Du nimmst das zu ernst. Kinder sind Abenteurer. Die wollen was erleben. Hast du noch nie von Piratinnen gehört?"

VIII

Der Regen peitschte gegen das Fenster. Was für ein Wetter! Anke Hufland legte ihr Saxofon in das Futteral zurück. Ihre Stimmung war so grau wie draußen der Himmel. Sie hatte gestern Abend nicht einschlafen können. Immer wieder musste sie an die kleine Gesche mitten auf dem offenen Meer denken. Wie war sie bloß dahin gekommen? Piratin der Meere? Anke hatte mal von Grace O'Malley gehört, aber die stammte aus Irland – und Irland war weit weg. Vielleicht gab es in der Bücherei im Nachbarort dazu nähere Informationen, aber sie sollte sich lieber um psychische Auswirkungen von Kinderheimaufenthalten kümmern.

„Stopp, Anke, du bist nicht im Dienst!"

Doch schon tauchten aus dem Unterbewusstsein Titel auf: *Das vielgeteilte Selbst, Madness, sadness and the traumatic beast.*

Sie zog ihre Regenjacke an. Ein Lichtblick schien das Fischessen heute Abend zu sein. Jens hatte sie endlich doch überredet. Sie hatte dann Jens überredet, zuzustimmen, dass auch Clara und Patrick dabei wären. Unter keinen Umständen wollte sie mit Jens allein essen gehen. Das sähe zu sehr wie ein Date aus und davon hatte sie in letzter Zeit die Nase gestrichen voll. Zu oft war sie auf Männer hereingefallen. Sie wollte mehr über Clara und deren Vergangenheit erfahren. War Clara etwa ein Heimkind? War sie deshalb so seltsam?

Anke hatte von der Zerstörung kindlichen Glücks durch Heimaufenthalte gehört. Und das, fand sie, war ein kapitales Verbrechen am Kind, da durfte man ruhig seltsam sein.

Clara überließ sich dem Regenwind und dem Galopprhythmus des Pferderückens. Sie hatte Sturmwind gemietet. Puschkin hetzte hinterher. Clara ritt ins Watt. Das Wattwasser spritzte hoch. Das Pferd würde schon wissen, wann es umkehren musste, bevor die Flut käme. In eine Wolldecke gehüllt war sie als Kind in der Pferdekutsche bis zur Sandbank gefahren, auf der glänzende Muscheln die Farben des Himmels einfingen wie bei schönem Wetter heutzutage der Aquamarinring, den sie von ihrer Mutter geerbt hatte. Dieser Ausflug mit der Pferdekutsche war die einzig schöne Erinnerung, die sie an ihre Kinderheimaufenthalte hatte. Alles andere gehörte weggeschlossen, versiegelt, auch wenn sich manchmal böse Erinnerungen aus dem Gedächtnis herausgruben und sich zu Wellenirrlichtern, Sandungeheuern und Windraubtieren verwandelten.

Niemand schützte sie vor den plötzlichen Gefühlsstrudeln, in die sie hineintaumelte, seitdem ihre Mutter mit den Seevögeln zum Mond geflogen war. Patrick bemühte sich zwar, ihr immer wieder Rettungsleinen in die Tiefe zu werfen, aber sie hatte einfach nicht genug Kraft, danach zu greifen. Wie oft schlug über ihr das kalte Wasser zusammen und zog sie nach unten. Sie verfing sich in Korallenarmen und war der Muräne, die schlangengleich zwischen den Steinen lauerte, hilflos ausgeliefert.

Clara spornte ihr Pferd an. Sie ließ die Zügel los und reckte die Arme nach oben. Wie damals lagen die Muscheln auf der Sandbank, sie hatten jedoch keine Ähnlichkeit mehr mit funkelnden Edelsteinen. Wie tote Augen starrten sie in den Regen und zersprangen unter den Hufen des Pferdes. Puschkin würde sich hier die Pfoten zerschneiden. Der Hund hatte schon umgedreht. Er wusste, wie weit er gehen durfte.

„Die Flut kommt", rief Clara in den Wind. „Gleich sind sie hier, die Fischschuppenlichter mit ihrer Salzmusik. Los, Pferd, lauf zurück, bevor dich die Riesenkrake mit ihren Tentakeln einfängt. Kraken hassen Pferde."

Das Pferd wieherte hell und galoppierte zurück. Es wurde langsamer, als die Sandrippen auftauchten und die Fahrrinnenwedel in der Ferne verschwanden. Puschkin lief bereits ruhelos am Strand auf und ab. Clara wischte sich den Regen aus dem Gesicht. Sie musste das Pferd in den Stall zurückbringen.

Anke Hufland hatte nicht mit so viel Publikum in der kleinen Bücherei gerechnet. Ausgerechnet hier musste das *Seepferdchen* heute eine Rallye veranstalten. Kinderstimmen schwirrten durch den Raum. Ariane verteilte Arbeitsblätter an die älteren Kinder. Da waren ganz schön viele Fragen zu beantworten. Anke entdeckte Gesche, die vor dem Bilderbuchregal auf dem Teppichboden hockte.

„Sag bloß, du kannst schon lesen, Gesche", sprach Anke das Mädchen an.

„Der Seeadler trägt das Kind über das Meer zur Seehundburg. Da gibt es heißen Kakao."

„Mit Sahne?", fragte Anke Hufland.

„Klar mit Sahne", sagte Gesche. „Sonst schmeckt der Kakao nicht."

„Und wen trägt der Seeadler über das Meer? Nils Holgersson?"

„Das siehst du doch hier im Buch. Guck mal, sie hat rote Schuhe an. Und einen roten Mantel."

„Nur das rote Käppchen fehlt." Anke lachte. „Da werden sich die Seehunde freuen, wenn Besuch kommt."

„Kommst du auch?"

„Sicher", sagte Anke Hufland. „Wer lässt sich schon einen heißen Kakao mit Sahne entgehen?" Anke warf einen prüfenden Blick auf das Kind. Momentan schien alles in Ordnung zu sein. Vielleicht sollte sie sich die Suche nach Psychobüchern schenken. Viel zu schwere Kost für ihren Urlaub.

„Weißt du, wo ich ein Buch über Piraten finde?"

„Piraten oder Piratinnen?"

„Gibt es denn auch wirklich Piratinnen?"

„Ich werde auch Piratin, wenn ich groß bin. Dann fahre ich auf einem Segelboot mit roten Segeln und ganz viel Gold."

„Toll", sagte Anke bewundernd.

„Du darfst dann mitfahren zu meiner Piratinneninsel. Clara darf auch mit, Ariane und Frau Jörgensen nicht."

„Toll", sagte Anke noch einmal.

„Oder wirst du seekrank? Aber ich habe einen Zaubertrank. Dann muss man nicht kotzen und wird auch nicht grün im Gesicht. Wir spielen mit den Seehunden Wasserball."

„Dann sag mir Bescheid, wenn es so weit ist."

„Clara bringt Puschkin mit."

„Und Patrick?"

„Männer dürfen nicht mit auf mein Schiff. Aber Patrick vielleicht, er hat ja keine Spritze und keine funkelnden Augen. Er schwitzt auch nicht. Vielleicht darf Patrick doch mit."

„Was hast du denn gegen Männer, Gesche?"

„Nichts", sagte Gesche und rannte hinter den anderen Kindern her.

Da die Bücherei weder Bücher über Piratinnen noch über Kinderheime, auch keine neuen interessanten Krimis zu bieten hatte, schrieb Anke am Küchentisch in ihrer Mühle einen langen Brief an Sonja. Sie erzählte ihr von den Brandstiftungen, von Clara und Gesche sowie dem Kinderkurheim. Dann zog sie sich um.

Heins Huis war nach Auskunft von Einheimischen das beste Fischrestaurant weit und breit. Ob es von irgendjemandem übernommen werden würde, wenn Hein und seine Frau sich zur Ruhe setzen sollten? Ganz so jung waren sie schließlich nicht mehr. Das wäre ein herber Verlust für die ganze Gegend. Vielleicht sollten Sonja und Anke das Landhaus aufkaufen. Der Meerblick war unbeschreiblich und warum sollte es nicht auch einmal eine grundlegende Veränderung in Ankes Leben geben?

Hein und Frau, so munkelte man, hatten vor, sich nach Mallorca abzusetzen. Sonja, Ankes Lieblingskollegin und Freundin, dachte schon lange über eine Alternative zum mobilen Pflegedienst nach. Auch Anke konnte sich inzwischen gut vorstellen, etwas ganz anderes zu machen, etwa Zitronenbuttersauce schaumig zu rühren, Gin Tonics zu mixen oder fangfrischen Fisch in Traumkreationen zu verwandeln. Im Prinzip fehlte nur das nötige Geld.

Aber dann fiel Anke ein, dass sie eigentlich gar nicht besonders gern kochte. Sie aß nur gern.

Sie zog das Kleid, das sie sich neulich in der Boutique gekauft hatte, wieder aus. Der schwarze Pulli sah schick genug zu der hellgrauen Jeans aus. Sie legte Lidschatten auf. Die Lippen malte sie heidekrautfarben an. Das passte zur Landschaft. *White Linen* für die Halsbeuge und ihre schwarzen Perlenohrringe. Von ihr aus konnte es losgehen.

Es klopfte an der Mühlentür.

„Ich habe Hunger", sagte Jens.

Dass er sie abholte, war nicht ausgemacht, aber sie freute sich doch ein bisschen.

Clara und Patrick saßen bereits an einem Fenstertisch.

„Ganz schön windig", sagte Patrick zur Begrüßung.

Clara schaute hinaus in die Brandung.

„Habt ihr schon gewählt? "

„Ich nehme die Fischplatte", sagte Patrick. „Clara überlegt noch, kann sich wie immer nicht endgültig entscheiden. Vielleicht sollte sie erst ihren Arzt um Rat fragen."

Was waren das denn für Töne? Clara schien zum Glück nicht zugehört zu haben. Ihre Augen glänzten fiebrig.

„Das richtige Wetter für Granuaille. Mit dem Sturm segeln, das blanke Schwert in der Hand."

„Du kennst Grace O'Malley?", fragte Anke erstaunt.

„Die Pferde haben Seetang in den Mähnen, Austernmuscheln statt Hufe."

„Genug jetzt, Clara." Patrick schob ihr die Speisekarte hin. „Hast du dich endlich entschieden?"

„Warum trinken wir nicht erst in Ruhe einen GT", schlug Jens vor.

Patrick wirkte angespannt, Clara zerbrechlich.

„Und wie habt ihr den ollen Regentag verbracht?" Ankes Angebot, sich zu duzen.

„Clara ist bei diesem Hundewetter ausgeritten. Kam völlig durchnässt nach Hause. Da muss man sich über nichts wundern."

„Fischsuppe", sagte Clara. „Die nehme ich."

„Das ist nur eine Vorspeise. Das reicht nicht."

„Ich will aber nicht mehr."

„Wenn du so weitermachst, rufe ich Dr. Blaulicht an."

„Dr. Blaulicht dünn und groß, sitzt mit mir auf meinem Floß. Nimmt mich in den Arm geschwind, sei ganz ruhig, ich lieb mein Kind."

„Wir sind nicht allein hier, Clara." Patrick war sichtlich verärgert.

„Das kann ja heiter werden", dachte Anke und wusste nicht, ob sie über Clara lachen oder weinen sollte. Zum Glück kam der Kellner, um die Bestellung aufzunehmen. Jens wollte Muschelgratin, Patrick die Fischplatte, Anke die Scholle und Clara blieb bei ihrer Suppe.

Mit dem Erscheinen der dampfenden Suppe beruhigte Clara sich. „Zu schade, dass Hein verkauft", sagte sie plötzlich. „Was wird aus den Wasserlilien?"

„Wenn ich Geld hätte", fing Jens zu träumen an. „Dinner zu bester Jazzmusik. An den Wänden wechselnde themenbezogene Fotoausstellungen. Wasserlilien in eleganten grünen Vasen."

„Schwarze Sektkelche auf weißen Leinentischdecken."

Hatte Clara etwa Ankes Parfüm erkannt?

„Da würde ich glatt noch ein paar Jahre hierbleiben", sagte Patrick. Er nahm Claras Hand. Seine Augen suchten Ankes. „Keine Idee, wie wir an das nötige Startkapital kommen?", fragte er in die Runde.

„Hast du eine Ahnung, was Hein für den Kasten hier haben will?"

„Da müssten wir jeden Abend Konzerte geben und ich müsste eine Menge Starfotos schießen."

„Vielleicht gibt es demnächst noch mehr Brände", sagte Clara giftig. „Dann hast du deine Starfotos."

„Gesetz der Serie?" Jens grinste. „Wir sind hier doch nicht im Krimi."

Clara stibitzte sich eine Hummerschere von Patricks Teller.

„Die holt gleich der Fuchs."

„Noch ein Dessert?"

„Und einen Absacker."

„Ich will einen Espresso", sagte Clara.

„Dann bist du nachts wieder so unruhig, Clara, und keiner kann schlafen."

„Dr. Blaulicht in der Nacht, hat der das Kind umgebracht?"

Patrick stöhnte.

Er tat Anke leid. Sie verwickelte ihn schnell in ein Gespräch über Fitnesstraining.

„Nicht bewegen", sagte Jens plötzlich aufgeregt und zückte die Kamera, die er wohl überall dabeihatte. „Bleib genau so, Clara. Strahlenkranzmadonna."

„Sie brennt", schrie Anke. „Tut doch was."

Einige lange Haarsträhnen standen in Flammen. Patrick riss die Blumen aus der Vase und schüttete das Blumenwasser Clara über den Kopf. Es zischte. Anke blies die Kerzen aus.

„Unglaublich, dieses Licht." Zufrieden packte Jens die Kamera ein.

Clara saß reglos mit nassen Haaren da. Gut, dass der Kellner und andere Gäste von dem ganzen Spuk nichts mitbekommen hatten.

IX

Ich und Mama im Bahnhof. Dem mit dem hohen Dach, an dem oben die Lautsprechertiere kleben. Erst sind sie schön ruhig, dann zersägen sie mit ihren Stimmen die Luft: „Hagen Hauptbahnhof, Hagen Hauptbahnhof. Vorsicht an der Bahnsteigkante." Die riesigen Räder rollen herein. Sie berühren hoch oben die schnarrigen Stimmen. Der Zug ist eine Dampfwalze, er macht so viel Wind, so viel Lärm.

Ich werde fortgeweht. Mama reißt mich an der Hand zurück. Wenn ich nach sechs langen Wochen zurückkomme, will ich nicht ankommen. Für immer das *Rosentor*-Kind. Das mit den Feuermuscheln. Die sind heiß und brennen lichterloh.

„Die Sonne lacht, sie hat mich um den Schlaf gebracht. Ein Spitzenwetter, was?" Der Postbote stand mit seinem Fahrrad ungewöhnlich früh vor Claras Tür und lieferte die *Seepferdchen*-Post zu treuen Händen bei ihr ab. Seine Faulheit war ihre große Chance. Ein Päckchen für Gesche Lorenz war dabei. Clara konnte der Versuchung nicht widerstehen. Vorsichtig löste sie den Klebestreifen. Sie hatte Kordel im Haus und wusste, wie man Seemannsknoten machte.

Mein liebes Gesche-Schwälbchen,

lass dich küssen und umarmen und dir ganz viele Geburtstagswünsche schicken. Ich bin in Gedanken bei dir. Jetzt bist du fünf und schon ein richtig großes Mädchen. Das silberne Kästchen ist für deine Muschelsammlung. Die rote Latzhose wird dir gut stehen. Wie du als knallroter Fleck über den Strand läufst. Der Plüschterrier heißt Foxi. Iss nicht zu viel Süßigkeiten auf einmal. Vor allem nicht zu viel Lakritzschnecken! Die Taschentücher helfen bei Schnupfen. Über deine Seehundkarte habe ich mich sehr gefreut. Aber ich kann dich jetzt nicht holen. Du weißt, was der Arzt gesagt hat. So lange dauert es ja nicht mehr und du bist wieder zu Hause.
In Liebe
Mama

P. S.: Ich soll dich von Tante Anne, deiner Freundin Vanessa und von
Frau Bertlich grüßen.

Ich kann dich jetzt nicht holen. Das kam Clara bekannt vor. Sie küsste
Foxis Kopf und strich über die rote Latzhose. In das Kästchen legte sie
eine Herzmuschel. Gleich würde sie die Post zum *Seepferdchen* bringen.
Gesche würde sich freuen.

Patrick war mit dem Fischkutter unterwegs. Die Onkel Charly nahm
manchmal Touristen mit.

Erst aber würde Clara Dr. Blaulicht anrufen. Er hatte sie bei ihrem
letzten Anruf gewarnt. Warum wollte sie ausgerechnet so kurz nach
dem Tod ihrer Mutter alte Wunden wieder aufreißen?

„Lassen Sie die Vergangenheit ruhen. Werfen Sie alten Ballast ab.
Sonst wird die Last auf einmal zu schwer."

Von wegen Ballast abwerfen. Clara hatte hier noch eine Rechnung
offen. Dafür musste sie rückwärtsgehen.

Das hatte sie mit Schusche schon versucht. Bis sie wieder auf dem
Bahnhof stand, in den Räder kreischend einfuhren, um sie Richtung
Norden zu bringen. Die Bahnhofsuhr tickte den Abschied herbei. Die
Abfahrtsansage galt für immer. Ihr Schal verfing sich in den sich schlie-
ßenden Türen. Claras stummer Schrei lehnte sich weit aus dem Zugfenster, bevor er vom Fahrtwind weggerissen wurde und am Signal hängen blieb, das die Strecke freigab, mitten hinein in die Hölle.

„Lieber Dr. Blaulicht", würde Clara sagen. „Wenn Sie jetzt nicht sofort kommen …"

Dr. Blaulicht lacht so schön,
ich kann sein Gesicht jetzt sehen.
Dr. Blaulicht ist so gut,
gibt mir manchmal neuen Mut.
Berührt ganz leis die tiefe Qual,
wir kriechen beide durch das Tal.
Über uns der Kormoran,
zündet mir die Welt jetzt an.

Clara rief ihren Arzt nicht an. Diese Reise zum Meer war ganz allein
ihre Sache.

„Sie können mich auch dreimal in der Woche mieten", hatte er zu
Clara gesagt und sie dann, als er die Tür öffnete, schon wieder verges-

sen. Anziehen und wegstoßen, kommen lassen, gehen lassen, vorgaukeln, anheizen, verheizen, vergraulen, verstoßen – trotz aller Lippenbekenntnisse.

Clara suchte ihre Schwimmsachen zusammen. Sie ging direkt ins kalte Wasser. Die erste Welle löschte das Feuer im Kopf. In jede einzelne Hirnzelle trat Windstille ein. Clara schwamm hinaus. Ab und zu erwischte sie eine Qualle, die ihre Handflächen oder die Achselhöhlen streifte. Glibberig. Sie legte sich auf den Rücken. So würde sie sich treiben lassen, bis sie Patricks Fischkutter erreichte und sich in seinem Schleppnetz oder dem Angelhaken verfing. Gebratene Wassernixe, denn die Sonne stach zu wie die langen Arme der Feuerqualle.
Ein Seewolf schwamm ihr entgegen. „Du kannst mein Fell streicheln, Kleines."
Sie musste umkehren, zurück zum rettenden Strand. Vielleicht war Patrick schon da. Clara kraulte auf die Boje zu. Sie hielt sich für einen kurzen Augenblick an ihr fest, um zu Atem zu kommen. Sie musste kräftemäßig durchhalten bis zum Schluss. Wie der aussehen sollte, wusste sie nicht, aber sie würde einen Schlussstrich ziehen. Bald. Sie ließ die Boje los.
Mit weichen Knien sank sie kurze Zeit später in den Sand.

„Hast du einen Hai gesehen?", fragte Gesche und stellte ihren Eimer ab.
„Wie kommst du darauf, Gesche?"
„Da draußen schwimmen Killerhaie. Willst du mit mir ein Sandschloss bauen?"
Zum Glück war Ariane so mit dem Strandcrocketspiel beschäftigt, dass Clara und Gesche in Ruhe nicht nur ein Strandschloss, sondern auch einen Wassergraben bauen konnten. Nur die Idee mit der Hängebrücke klappte nicht mehr.
Ariane klatschte in die Hände. „Abmarsch, ihr Küken!"
„Ich habe morgen Geburtstag", flüsterte Gesche schnell. „Kommst du?" Bevor Clara antworten konnte, hatte Ariane Gesche schon einkassiert.
Clara kletere die Dünen hoch. Sie legte sich in den Strandhafer und schlief sofort ein.
Der Killerhai wischte seine nassen Flossen auf ihrem Rücken ab. Clara drehte sich um. Da war Patrick, kein Hai weit und breit.

„Da bist du", sagte Patrick und schob die Badeanzugträger von ihren Schultern. Patrick schmeckte überhaupt nicht nach Fisch. Seine Fischkutterfahrt löste sich feucht und heiß in ihr auf.

Clara küsste den Himmel. Feuerquallen, Seewölfe und Killerhaie waren vergessen.

X

„Heute hat Gesche Geburtstag. Ich bringe ihr gleich das Paket vorbei."

Clara küsste Foxi ein letztes Mal. Was für ein schönes Geburtstagspaket. Sie hatte damals nur dicke Socken und Malstifte bekommen.

Mal Papa und mir ein Bild von dir, schrieb Mama, *damit wir wissen, wie du jetzt aussiehst.*

Das hatte Clara selbst nicht gewusst. Jeden Tag verschwand ihr Gesicht ein bisschen mehr. Übrig blieben nur die Augen, groß und dunkel. Augen, die sie ihr ganzes Leben begleiteten. Augen, die Patrick liebte, vor denen er sich manchmal auch fürchtete. Diese Augen hatten viel gesehen, vielleicht zu viel.

Im Spiegel hatte Clara sich nach der dritten Woche im Kinderkurheim nicht mehr erkennen können. Deshalb hatte sie ihren Eltern kein Bild gemalt. Mama hätte das Bild vom schwarzen Turm auch gar nicht gemocht. Im Turm versteckten die Drachen Teppichklopfer, Rohrstöcke, Kratzbesen und Eierlöffel. Und Fellstücke von Wölfen, Flossen von Haien und Quallenarme. Die Fenster im Turm waren vergittert und trübe, damit niemand herein- oder herausschaute und sah, wie sie Clara mit heißem Milchwasser verbrühten und wie sie ihre Fingerabdrücke auf Claras Haut stempelten. Der Kratzbesen hinterließ andere Spuren, Risse und Lücken im Kopf.

Nein, sie hatte keinen Stoffhasen zum Geburtstag bekommen.

„Magst du seine Schlabberohren?", wollte Mama wissen. „Und sein kariertes Hemd? Er heißt Findus. Ich habe ihn vor der Haustür gefunden. Ich glaube, er wollte zu dir."

Clara hatte ihr Päckchen mehrfach durchsucht, aber Findus war nicht zu finden. Dafür saß ein Schlabberohrhase später im Heimleitungsbüro. Nur, dass er kein kariertes Hemd trug. Mama musste Findus beim Einpacken vergessen haben. So wie sie Clara mit jedem Tag mehr vergaß.

Aber sie hatte Pippa ja noch. Pippa war ihr in den Pinkelpott gefallen und durfte nur noch am Fußende schlafen, weil sie stank wie die Unterführung am Bahnhof. Zum Glück hatte sie Pippa rechtzeitig vor Tante

Ilona verstecken können. Sonst hätte die auch Pippa einkassiert und weggesperrt wie schon am ersten Tag Bubu und Claras Herz. Stofftiere und Kinderherzen waren im Kinderheim *Rosentor* unerwünscht. Auch kleine Mädchen mit dunklen Augen und Tränen.

Clara legte Foxi in das Paket zurück. Sie strich die Taschentücher und die Latzhose glatt.

Dann verschnürte sie das Paket neu. Im Souvenirladen kaufte sie den kuscheligen Seehund und eine Pferdekarte für Gesche.

Ich wünsche einem tollen Mädchen einen tollen Geburtstag, schrieb sie. *Sollen wir auf deiner Wasserburg feiern? Grüße von Clara.*

Sie machte sich auf den Weg zum *Seepferdchen*.

Im Büro war niemand. Schlechte Dienstauffassung, Frau Jörgensen. Weiter hinten im Gang hörte Clara Tellergeklapper. Aus dem Aufenthaltsraum klang Gesang. Sie lauschte an der Tür.

„Wir lagen vor Madagaskar und hatten die Pest an Bord. In den Kesseln da faulte das Wasser und täglich ging einer über Bord."

Gesche wäre fast über Bord gegangen. Dieses uralte Lied würde sie doch nicht mitsingen wollen.

„Dreht euch nicht um. Der Klabautermann geht um."

Gesche hatte bestimmt Angst vor dem Klabautermann. Außerdem passte Singen in fröhlicher Morgenrunde überhaupt nicht zu Gesche.

Clara ging in den Speisesaal. Zwei Mädchen stapelten Teller und Tassen auf den Geschirrwagen,

„Wisst ihr, wo Gesche ist?"

„Die ist in der Badeabteilung. Für ihr Kleiebad."

Ob Clara mit der Post und Gesches Geburtstagspaket da einfach so eindringen konnte?

Beim Baden waren die gerne vollkommen ungestört. Das wusste Clara. „Wo ist denn die Badeabteilung?", fragte sie die beiden Mädchen, die beim Tischabräumen ganz schön Krach machten, während aus Kinderkehlen: *„Meine Oma fährt im Hühnerstall Motorrad, Motorrad",* erklang.

„Die letzte Tür rechts. Die mit der Meerjungfrau drauf."

Damals hatte es keine richtige Badeabteilung gegeben. Damals wurde eine Zinkwanne in die Glasveranda gestellt mit Clara als Ausstellungsstück. So hatten alle etwas davon.

Poseidon signalisierte den Jungenbadebereich. Gegenüber sah Clara die Meerjungfrau. Vorsichtig öffnete sie die Tür. Warmer Wasserdampf quoll ihr entgegen. Man sah nichts. Sie tastete sich vor, bis sie Gesche entdeckte, die zitternd auf der grünen Badem-atte stand. Dann fiel ihr Blick auf Ariane.

„Still! Was war das?"
Laura, die Auszubildende, stellte die Gitarre auf den Boden.
„Da schreit einer", sagte Niki. „Da wird einer abgemurkst."
„Wo ist mein kleiner Bruder?" Corinna sprang auf.
„Seid doch mal still." Laura öffnete die Tür und horchte hinaus.
„Können wir das Madagaskar-Lied noch einmal singen? Das ist mein Lieblingslied."
Und schon sang Paul los: *„In den Kesseln da faulte das Wasser und täg-lich ging einer über Bord. Ahoi."*
„Verhaltet euch ruhig oder singt meinetwegen. Ich gehe schnell nach-schauen. Corinna, du passt auf."
Auf dem Flur stieß Laura mit Frau Jörgensen zusammen.
Frau Jörgensen rannte Richtung Badeabteilung.

Ariane schwamm als Badenixe in der Wanne. Gesche hockte hinten in der Ecke, in ein Badetuch gehüllt. Die Frau, die der Heimleiterin vor Kurzem im Büro unangenehm aufgefallen war, stand mit einem Paket unter dem Arm und Briefen in der Hand reglos da und starrte in die Wanne. Der Haarföhn war eingestöpselt, das Kabel hing wie eine leblose Schlange im Wasser. Der Föhn lag als fette Feuerqualle auf dem Wannenboden.
„Ruf Dr. Römer an und Pit, Laura."
Laura rannte los. Frau Jörgensen lief zum Sicherungskasten und schaltete den Strom aus.
„Was haben Sie hier zu suchen?", schrie Frau Jörgensen Clara an, als sie zurückkam.
„Poseidon wirft blaue Flammen ins Wasser. Mit dem Dreizack macht er Wellen und sticht mitten ins Herz. Lauf weg, Gesche."
Gesche verkroch sich tiefer in ihrem Badetuch, machte dann aber ein paar taumelige Schritte auf die Tür zu. Clara ließ das Paket auf die Fliesen fallen, drückte die Briefe Frau Jörgensen in die Hand und fing Gesche in ihrem Badetuch auf.
Gesche klammerte sich an Clara.

„Keine Angst, Lämmchen. Hier ist ein Geburtstagspaket für dich. Auch ich habe dir etwas mitgebracht. Schau mal, ein Seehund."

Gesche lugte aus ihrem Badetuch hervor. Mit nassen Händen griff sie nach dem Tier.

XI

Anke Hufland spielte zum sechsten Mal dieselbe Passage. Stündlich rückte der große Auftritt näher. Sie war nervös.

Sie setzte das Saxofon ab. Wird schon schiefgehen. Sie holte die Hanteln unter dem Bett hervor und widmete sich der Stärkung der Armmuskulatur. Gerade als sie ihr Übungsprogramm mit Entspannungsübungen beenden wollte, klopfte es an der Tür. Anke wischte sich den Schweiß ab. Eigentlich hatte sie keine Lust auf Besuch. Der Besuch schien sich jedoch nicht abschütteln zu lassen. Und bevor er die Tür eintrat.

„Du?", fragte Anke erstaunt.

„Ich muss mit dir sprechen. Ich weiß nicht, ob wir heute überhaupt spielen können." Jens schob sie zur Seite, eilte Richtung Küche und trank gierig aus dem Wasserhahn.

„Ich kann Freddy nicht erreichen." Jens marschierte gestikulierend um den Küchentisch herum.

So durcheinander kannte Anke ihn nicht. „Setz dich. Was ist los?" Sie drückte ihn sanft auf den Küchenstuhl. Sollte er auch Lampenfieber haben? In Anke breitete sich vollkommene Ruhe aus. Wenn selbst ein Profi vor dem Auftritt dermaßen nervös war.

„Sie ist tot", stammelte Sven.

Anke erschrak.

„Gesche? Clara?" Anke schlug die Hände vors Gesicht. Als ob sie es längst geahnt hätte. Zwei Seelen in Flammen. Solche Seelen schaffen das Leben oft nicht. „Verdammt, sag was!" Anke schüttelte Jens, der zusammen gesunken auf dem Stuhl saß.

„Ariane, ausgerechnet Ariane."

„Wieso Ariane? War sie denn krank? Die mit der schrillen Stimme?"

„Ariane hat keine schrille Stimme."

„Hat sie doch", dachte Anke. „Nur jetzt nicht mehr. Tote sind stumm." Sie fühlte sich erleichtert und schämte sich sofort dafür, dass sie froh war, dass es weder Gesches noch Claras Stimmen waren, die abgestellt wurden. Was hatte Jens mit Ariane zu schaffen? Aus Jens wurde Anke einfach nicht schlau. Was verband ihn mit ihr?

„Sollen wir das Konzert absagen? Das kann ich Freddy nicht antun. Und Griet kommt extra zurück. Die sitzt schon im Zug."

„Jetzt erzähl endlich, Jens." Allmählich verlor Anke die Geduld. Typisch Mann, jetzt an die Arbeit zu denken.

„Sie ist tot. Herzstillstand."

Das war doch nicht möglich! Ariane hatte zwar eine schrille Stimme, war aber noch jung und sah ziemlich gesund aus.

„Sie haben sie in der Badewanne gefunden."

Das wurde immer abenteuerlicher.

„Im *Seepferdchen* in der Badeabteilung."

„Badet die denn da? Nicht bei sich zu Hause?"

„Sie hat nicht gebadet. Sie war komplett angezogen. Sie hat einen Stromschlag bekommen, weil der Föhn in die Wanne fiel."

Anke schluckte. Eine merkwürdige Angst kroch in ihr hoch. „Wer hat sie gefunden?"

„Gesche, Clara, Laura, Frau Jörgensen. Was weiß ich. Denkst du, ich war dabei?"

„Wo sind Gesche und Clara jetzt?"

„Die verhört Pit gerade. Pit kann Clara nicht leiden."

„Wo ist Patrick?"

„Keine Ahnung. Clara und Patrick wollten heute Abend doch zu unserem Konzert kommen."

„Ich muss zu Gesche und Clara", dachte Anke. „Scheiß was auf das Konzert!"

Das Klingeln des Telefons riss sie aus ihren Gedanken. Sie war schneller als Jens, der bereits nach dem Hörer, der stundenlang wie ein Klotz ohne Lebenszeichen dagelegen hatte, greifen wollte. Als ob es seins wäre.

„Hier Freddy. Ist Jens zufällig da?" Ohne Ankes Antwort abzuwarten, redete Freddy gleich weiter. „Kommt nicht in die Tüte, das Konzert heute abzusagen. Ich habe schon sechzig Karten verkauft. Das Geschäft lasse ich mir doch nicht durch die Lappen gehen. Und ändern können wir an der Sache im *Seepferdchen* sowieso nichts. Ich denke, Jens sollte heute das alte Lied für Ariane spielen."

Welches alte Lied? Wortlos übergab Anke ihr Handy an Jens.

„Okay, ist in Ordnung", sagte Jens, nachdem er Freddy eine Zeit lang stumm zugehört hatte. „Das Leben geht weiter. Wir bauen dann gegen 17 Uhr auf. Und, Freddy, mach eine große Portion Labskaus für uns. Tschüss, denn."

„Also wir spielen", wandte Jens sich an Anke. „Clara kommt heute nicht. Patrick musste sie ins Krankenhaus bringen. Die ist total durch-gedreht. Als ob sie den Föhn ins Wasser geschmissen hätte!"

„Ich spiele nicht, wenn Clara nicht da ist." Anke Hufland wusste selbst nicht, warum sie auf stur stellte.

„Fängst du jetzt auch an zu spinnen? Du spielst! Wir haben mit Fred-dy einen Vertrag. Wenn du nicht spielst, ändert das an der *Seepferdchen* Sache überhaupt nichts."

An der Sache! Anke biss die Zähne zusammen. Ja, sie hatten einen Vertrag. Patrick würde sich schon um Clara kümmern. Und auf Gesche würde man nach dieser Tragödie sicher besonders gut aufpassen.

„Also okay, Jens. Ich spiele."

Erleichtert sprang Jens auf und umarmte sie. Und dann passierte, was sie unbedingt hatte verhindern wollen. Mitten auf dem Küchentisch.

„Jesus Maria", war Ankes erster Gedanke.

Ohne Kondom! Selbst Teenies waren klüger.

„Tod macht geil, was?" Jens grinste. Er steckte Anke eine Zigarette zwischen die Lippen. Anke setzte Teewasser auf.

„Kopf hoch", ermunterte Freddy Anke, als sie mit ihrem Saxofon Punkt fünf Uhr seine Kneipe betrat. Die anderen Musiker waren schon da. Alle redeten wild durcheinander. Arianes Tod war für die ganze Band unfassbar.

„*What a difference a day makes*", sang Griet.

Wie recht sie damit hatte!

„Alles klar?", fragte Jens und forderte seiner Gitarre eine rasant schnel-le Passage ab, die in quietschendem Stöhnen endete.

Griet warf Anke Hufland einen prüfenden Blick zu. „Was ist jetzt mit Arianes Song? Im Programm oder nicht?", wandte Griet sich an Jens.

„Okay doke, Sweetheart." Und schon erklang *Hello* von Lionel Ri-chie. Das also war Arianes Song.

„Jetzt zu dir, Anke. Was zuerst? *Seawind eyes*?"

Anke dachte an Clara, Gesche und seltsamerweise an Sonja. Auch ein bisschen an Ariane, den Föhn in der Badewanne und den Pflegedienst.

„Jemand zu Hause?", fragte Jens und dann übernahmen der Wind und das Meer die musikalische Führung.

„Super", sagte Jens, „ und jetzt weiter im Text."

Griet erfasste schnell die Stimmung in Ankes Songs und die Band probte das ganze Programm durch.

„Seid ihr bereit für mein Labskaus?" Freddy stand in der Tür.

„Musik macht hungrig", dachte Anke, als sie sich eine ordentliche Portion aufschöpfte.

„Du bist ein klasse Zugewinn für die Band", sagte Volkmar mit kauendem Mund, während er eine saure Gurke von Griets Teller stibitzte. „Los, Freddy, spendiere uns mal einen Wodka zum Mut machen heute Abend."

Freddy wandte sich an die Frauen: „Wollt ihr auch einen?"

Die beiden lehnten dankend ab. Jens, Volkmar und Jan griffen direkt zu. „Auf unseren Auftritt!"

„Und auf Ariane. Sie wäre gern dabei gewesen", sagte Griet.

„So, eine halbe Stunde relaxen und dann geht es los." Jens trommelte auf seine Gitarre, bevor er sie abstellte und sich zurückzog.

Auf dem Damenklo traf Anke Griet, die ihr Make-up ausbesserte. „Soll ich dir die Augen schminken und slawische Backenknochen?"

Anke fand sich so gut, wie sie war, aber da pinselte Griet schon an ihr herum.

„Komisch, dass Jens so cool ist", sagte sie.

„So cool finde ich ihn gar nicht", dachte Anke. „Heute auf dem Küchentisch war er alles andere als cool, aber was weiß Griet schon."

„Immerhin war er eine längere Zeit mit Ariane zusammen. Ariane wollte heiraten, obwohl sie wusste, wie er drauf war."

„Wie war er denn drauf?" Eine leichte Übelkeit überkam Anke.

„Eben kein Typ zum Heiraten."

Als ob Anke das jemals vorgehabt hätte.

Wieder warf Griet Anke einen prüfenden Blick zu.

Die Luft war stickig. Das mussten mehr als sechzig Gäste sein. Freddy strahlte. Anke musterte die Menge. Patrick entdeckte sie nicht. Auch vom *Seepferdchen*-Personal war niemand da. Hoffentlich schlief Gesche heute Nacht ruhig und fest. Arianes Tod in der Badewanne würde Gesches Gemütszustand erheblich verschlechtern. Anke sollte dem Kind in den nächsten Tagen einen Besuch abstatten. Vielleicht ihr etwas auf dem Saxofon vorspielen und Gesche selbst das Instrument ausprobieren lassen. Das würde sie von dunklen Gedanken ablenken.

„Hello", sang Griet und Anke ließ sich von ihrer wehmütigen Stimme in den Bann ziehen.

„Ich freue mich ganz besonders, Ihnen heute Abend unseren special guest vorstellen zu dürfen – Anke Hufland am Saxofon. Sie ist glücklicherweise aus dem fernen Ruhrgebiet zu uns Nordlichtern gestoßen. Glauben Sie mir, ein Gewinn!"

Anke trat nach vorn. Wie konnten sie nur an einem solchen Tag hier Musik machen? Aber sie hatte ja an diesem Tag schon so einiges gemacht. Als sie ihrem Saxofon die ersten Töne entlockte, fielen die heutigen Ereignisse von ihr ab.

„Das ist dein Applaus, Anke."
Jens strahlte mit Freddy um die Wette.
In der Pause erschien Pit. „Bier und 'nen Korn, Freddy." Pit seufzte.
„Gibts was Neues?"
„Ein Unfall", sagte Pit zu Jens. „Aber ich musste die ganze Badeabteilung abriegeln. Hat sich vorerst ausgebadet. Die Kripo ist hier. Meint ja immer, sie sei klüger als wir. Überall schwirren jetzt diese Kriminaltechniker hier herum und ich habe nichts mehr zu sagen. Die haben einen Fußabdruck auf den Fliesen gefunden. Größe 45. Das könnte so ziemlich jeder Dritte gewesen sein. Wahrscheinlich Dr. Römer, der untersucht oft den Hautzustand und bringt Salben mit."
„Als ob Frauen heutzutage nicht auch auf großen Füßen leben", sagte Jens.
„Die werden das schon rauskriegen. Verlasst euch drauf." Jan schien ein ungebrochenes Vertrauen in die Kriminaltechnik zu haben.
„Ende der Pause, Teil zwei!" Jens knuffte Anke aufmunternd in die Seite.
„Darf Pit eigentlich so offen über laufende Ermittlungen reden?", wollte Anke wissen.
„Hier weiß sowieso jeder immer alles", sagte Griet.
„Wirklich alles?" Jens lachte und kniff Anke ein Auge zu.

Anke hatte im zweiten Teil Sendepause. So konnte sie den Jazzrock der anderen ohne Anspannung genießen. Ab und zu ließ sie ihren Blick auf die Füße der anwesenden Männer gleiten. Schuhgröße 45 hatten wohl viele. Meerblaue Augen starrten sie an. Den Typen mit diesen strohblonden Haaren hatte sie noch nie hier gesehen. Er schaute schnell weg.
Bei den Zugaben griff die Band Publikumswünsche auf. Nicht immer Ankes Geschmack. Sie konnte aber bei den meisten eingeforderten Songs mithalten. Nur bei Lales *Meine Insel* musste sie passen.

„Ein Mordsabend", triumphierte Freddy. „Das vergesse ich euch nie, dass ihr hier trotzdem gespielt habt. Wodka für alle?"

„Wir sollten wegen Ariane auf eine Nachfeier wirklich verzichten", sagte Griet.

„Komplett alle sind wir auch. Ich muss schleunigst ins Bett." Jens grinste Anke an.

Anke trank schnell ihren Wodka aus, nahm ihr Saxofon und machte sich auf den Weg in ihre Mühle, nachdem sie sehr betont und deutlich: „Bis morgen", gesagt hatte. Alleinsein war jetzt das Wichtigste.

XII

Der Wassermann hatte Ariane geholt. Mit seinen langen Fangarmen. Wieso wehrt sie sich nicht? Ich habe Angst. Mama hat nie Angst. „Dann gucken wir mal", sagt sie und schaut unter das Bett, tunkt die Hand in das Schaumbad. „Kein Wassermann weit und breit, Schatz."
Der Wassermann merkt, dass er sich mit Ariane die Falsche geholt hat. „Dich wollte ich", sagt er und zieht mich in die Wanne.
Ariane lacht vom Dreizack herunter. Aus dem Mund hängen ihr Krebsscheren und Algen.

An unterschiedlichen Orten wälzten sich Gesche und Clara in ihren Betten. Gesches Gesicht war nass von Tränen oder vom Wasser, das aus Arianes Haaren tropfte.

„Beruhige dich, Gesche. Du musst schlafen. Hier, nimm ein Bonbon." Frau Jörgensen beugte sich über das Kind, strich ihr über den Kopf. Nach dem Zähneputzen noch Bonbons lutschen, durfte man das? Gesche ließ sich zudecken und war kurze Zeit später eingeschlafen. Sie träumte von ihrem Piratinnenboot. Clara ritt auf einem weißen Pferd nebenher knapp über dem Wasser. Die Pferdehufe entzündeten ein leuchtendes Wellenfeuerwerk.

Es gab dort zwei unterschiedliche Abteilungen. Die eine groß, unruhig und laut. Die andere kleiner und fast gemütlich. Eine Schutzstation.
Clara wählte die Schutzstation und dachte an weiße Lilien, grüne Sessel, an Springbrunnen und Tieraquarelle, bevor sich die Glastür hinter ihr schloss und Patricks Umrisse sich auflösten. Clara lieferte ihre Nagelschere ab. Auch das meerblaue Zahnputzglas durfte sie nicht behalten.
Sie schaute sich um. Es gab hier weder Lilien, grüne Sessel noch Springbrunnen und Aquarellbilder. Dafür waren die Fenster verriegelt. Schwester Gina sah überhaupt nicht schwesterlich aus. Clara hätte gern eine Schwester gehabt. Vielleicht hätte Mama sie beide zusammen zur

Kinderkur geschickt. Clara hatte nur einen Bruder. Der war auch einmal mit ihr zusammen im Kinderkurheim gewesen, aber sie hatte ihn nicht sehen dürfen. Geschwisterkinder wurden streng getrennt. Was das sollte, wusste Clara nicht.

Der Pfleger Udo lächelte gütig. Den mochte Clara. Frau Dr. Wenninger glich einem Mäusebussard. Ohne Dr. Blaulicht würde sie kein einziges Wort sagen. Clara blieb stumm. Stumm war sie auch in ihrer Tavorwelt, in der einem der Puls und der Atem stockten. Eine farblose Tablettenzeit ohne Wörter, ohne Gesichter, aus der sie nur schwer wieder auftauchte. Wie unter Wasser sein oder mitten im Nebel.

„Kartoffeln gehören in den Keller", sagte eine Mitpatientin, während sie sich das Essen in den Mund schaufelte.

„Ich höre mit dem Rauchen auf", sagte sie später und steckte sich eine Zigarette an. Oben fehlte ihr ein Schneidezahn. Sie sprach jeden vorbeiziehenden Gedanken aus.

Ganz anders als Clara. Seit Claras stationärer Aufnahme lief diese Patientin wie ein Hündchen hinter ihr her. Sie redete mit sich selbst. Das tat Clara auch. Die Frau faltete ein Taschentuch klein, dann heulte sie laut und beklagte sich, dass man ihr die Apfelsinen gestohlen hätte.

Wenn der Gong angeschlagen wurde, standen alle wie pawlowsche Hunde für Medikamente an. Ein Schnapsgläschen gegen Verstopfung. Die grünen waren Schnupfenpillen. Die gelben machten schöne Träume, die roten löschten das Feuer im Kopf. Wirkliche Seelenpillen, die einem alles Böse aus dem Kopf jagten, gab es nicht.

„Adler fliegen höhere Kreise," dachte Clara.

Was hatte Dr. Blaulicht einmal gesagt? Die Welt ist nicht immer nur schön?

Jojo, der Spritti, war dem Tod noch einmal von der Schüppe gesprungen. Beim schnellen Abtransport hatte er sein Gebiss zu Hause im Glas vergessen. In seinem lila Jogginganzug saß er mit verbeulten Knien neben Clara.

„Komm unter meine Decke", sang er. „Nein, lass lieber, ich will mich ja nicht blamieren. Er ist kürzer, als du denkst." Er rollte seine Hosenbeine hoch und zog die Stützstrümpfe aus. „Das sind keine Beine", sagte er. „Das sind Trommelstöcke. Warum stehen Ostfriesen am Wasser und werfen Stöcke hinein? Weil überall steht *Deutsche Werft*."

Lukas überlegte jedes Wort sorgfältig, bevor er es in den Raum stellte. Clara mochte es, wenn er Gedichte zitierte. Gedichte, die allen das Wasser in die Augen trieben. Lukas Mühsam.

Wie der zerrissene Streifen Mondeslicht
In Silbersternen auf dem Wasser irrt!

Inken bastelte Igelfamilien und Blätter. Sie klebte sie an ihr Fenster. Bald würde sie nicht mehr hinausschauen können. Sie trat einen Schritt zurück und klatschte in die Hände. Inken war das Echo der Ärzte.
„Jeden Tag wird es besser. Stückchen für Stückchen."
Mit den Händen malte sie Treppenstufen in die Luft. Inken organisierte den Tischabräumdienst und war glücklich dabei. Es gab Tage, da ging sie breitbeinig wie ein Roboter. Die Arme standen vom Körper ab. *Klock, Klock,* Inken marschierte über den Flur. Hin und zurück, zurück und hin,

Wanja brauchte ein Einzelzimmer. So wie die hustete. Wanja pinkelte in ihr Bett. „Ich mag, wenn es warm an den Beinen entlangrinnt."
Wanja schminkte sich jeden Morgen. Beim Lachen fiel ihr oft das getrocknete Puder aus dem Gesicht. Clara spielte manchmal eine Partie Tischtennis mit ihr. Wanja gewann immer.

Die alte Frau Fries weigerte sich zu trinken. Sie ließ Mineralwasser, Obstsäfte und Hagebuttentee zurückgehen. Nur bei Milch veränderte sich ihr Starrsinn. Nachts ging sie von Zimmer zu Zimmer. Sie öffnete fremde Schränke. Einmal legte sie sich zu Clara ins Bett. Sie saß krumm im Rollstuhl und erzählte von früher. Wie die sie dazu gezwungen hatten, den verhassten Hagebuttentee zu trinken. Sie musste so lange allein am Tisch sitzen, bis die Tasse leer war.
Später kamen Feuerwehrleute, um die alte Frau zu holen.
„Wohin bringt ihr mich?"
Niemand wusste es.

Die Schnitte an Atzes Handgelenken verheilten schlecht. Atze entfachte einen Brand im Abfalleimer. Er füllte Intelligenztests aus. Für seinen neuen Superjob.
„Wenn die Trauer zu lang andauert, ist man krank", sagten die Ärzte. Die mussten es ja wissen.

Wanja bestellte batteriebetriebene Grablampen. Wenn sie über ihre zukünftige Katze sprach, glänzten ihre Augen.

Clara sprach dann über ihren Hund. „Er heißt Puschkin. Er liebt mich sehr. Er schläft auf dem Läufer vor meinem Bett. Er holt Stöcke aus dem Meer. Vor dem Watt hat er Angst. Da kann man versinken wie in Fließsand. Plötzlich ist man weg."

Wanja heulte los und Clara heulte gleich mit. Sie wollte ganz schnell wieder bei Puschkin sein. Und bei Patrick.

Marius brachte Leben in die Bude. Er trank wie Balzac schwärzesten Kaffee und das viel. Den Kaffee braute er sich in der Stationsküche zusammen. Marius hatte Narrenfreiheit. Abends zog er die hellblaue Krawatte und den Panamahut an. Er ging ins Casino. Wo das war, wussten die anderen nicht. Steinreich kehrte er jedes Mal zurück. Stolz zeigte er seine neue Uhr, den neuen Ring, alles Geschenke von seiner neuen Freundin.

„Mensch, lass mich in Ruhe", würde sie ihm morgen per Telefon sagen. Marius erzählte Breitmaulfroschwitze, die niemand verstand und auch nicht hören wollte. In der Klinikkapelle klaute er Gesangbücher. Er träumte vom Segelfliegen, von Verpuppungen – oder waren es Verpuffungen – und von Südamerikareisen.

Inken meinte, Marius sei der Chefarztsohn. Nur er bekam dieses besondere Lächeln. Clara hätte gern mit Marius getauscht. Wegen des Panamahuts.

Grigori verstand kein Wort Deutsch. Er saß im Flur seine Zeit ab. Er klopfte mit dem Krückstock den Leerlauf der Stunden in den Boden. Die Tageszeit schleppte sich mühsam zur Nacht. Die Leselampen wurden gelöscht.

„Ich kann nicht schlafen, Schwester", schrie jemand.

Irre brauchen feste Grenzen, keine Gummizäune, las Clara. „Und offene Fenster", dachte sie, um sich davonzustehlen auf dem Pflaster. Von Grigori blieb nur der Krückstock.

Clara saß mit den anderen im Kreis, das Liederheft auf dem Schoß. Hildes zittriger Sopran fuhr Aufzug. Rauf, runter, rauf. Hilde häkelte Topflappen beim Singen. Jojo sang nur die Refrains mit. Lukas, Marius und Atze grölten. Manchmal fühlte Clara sich wie im Himmel. Sie setzte sich zu ihrer Mutter auf den Mond.

„Die Gedanken sind frei", sangen alle.

Sie erraten, konnte nicht einmal der Chefpsychiater, obwohl er über jeden streng Buch führte. Vielleicht schrieb er aber nur sein eigenes Tagebuch. Er las in deinen Augen alles, was du vor ihm verstecken wolltest.

Freya litt unter Waschzwang. Sie duschte sich den Schmerz ab. „Ich bin ein Immergrün", sagte sie beim therapeutischen Tanz.

Clara tanzte mitten in das Sonnenblumenfeld hinein. Sie breitete die Arme aus und tanzte Derwischkreise. „Hier hast du mein dunkles Herz für ein Lächeln."

„Und dann? Was geschah dann?"

Kannte der keine anderen Fragen? Clara versteckte ihre Hände hinterm Rücken. Sie wäre gerne auf ihrem weißen Pferd davongaloppiert. Der Arzt hatte heute dieses Steingesicht. Bloß, weil sie ihn etwas gefragt hatte.

„Ich stehe hier nicht zur Debatte." Dann lächelte der Arzt und Clara lächelte zurück. Schon ging es ihr etwas besser. Dann kniff er die Lippen wieder zusammen. Clara würde ihm nichts erzählen. Vielleicht gehörte er auch zu den Wölfen und Haien.

Der Arzt klappte sein Notizbuch zu. „Ihre Zeit ist um."

„Die schreien dich an und stellen dich ins Milchwasser."

Der Arzt stand auf.

„Ich gebe ihm die Hand nicht", dachte Clara. „Erst muss er mich anlächeln."

Der Arzt lächelte. Clara gab ihm die Hand.

XIII

Patrick kam wie jeden zweiten Tag um drei Uhr. Er brachte neue Schlafanzüge mit und Bücher. Patrick küsste sie auf die Stirn. Clara wusste nicht, ob er sie liebte. Sie störte ihn wohl in seiner Ruhe.

Er hasste es, an den Patienten auf dem Flur vorbeizugehen. Manche starrten ihn mit leeren Augen an, andere grüßten und wollten ihn in ein Gespräch verwickeln. Oder mit ihm Tischtennis spielen. Da ging eine wie ein Roboter auf ihn zu. Bloß schnell in Claras Zimmer und die Tür zu.

„Komm, lass uns spazieren gehen." Clara nahm Patricks Hand.

„Was sagt dein Arzt?"

„Frag ihn doch selbst. Mit mir spricht er ja nicht." Clara trat vor die Aufzugstür. Der Aufzug kam trotzdem nicht schneller.

„Ich habe Puschkin dabei. Er wartet unten."

Clara freute sich. Puschkin freute sich auch. Er sprang an ihr hoch, leckte sie ab. Clara vergrub beide Hände in seinem Fell. Im Park drehten sie fünf schnelle Runden.

„Wann kommst du nach Hause?", fragte Patrick.

„Sag Gesche, sie soll nicht mit Feuer spielen. Hat sie die rote Latzhose an?"

„Gesche hat eine schwere Bronchitis. Vermutlich eine Folgeerscheinung ihres nächtlichen Ausbüxens."

„Das gibt Verlängerung. Die schieben die gute Seeluft vor und behalten sie da."

„Man kümmert sich schon um sie, Clara. Mach dir keine Sorgen um das Kind." Wieder küsste Patrick Clara auf die Stirn. Er ging.

Oben am Fenster standen Inken und Lukas. Sie winkten. Clara eilte zu ihnen hinauf.

Ein einziger Schuss ins Herz. Der Steinadler fällt mir in den Schoß. Ich streichele sein Gefieder. Ich teile mein Brot mit ihm. Dann fliegen wir in den Süden.

„Tischlein deck dich", rief Wanja und schon standen Dampfkartoffeln, Schwarzwurzeln und rosa Puddingschüsseln auf den Tischen.

„Willst du meine Portion?", fragte Freya, die für ihre Immergrüntänze schlank bleiben wollte.

Der Arzt stand zu weit weg. Clara machte einen Schritt nach vorn, blieb dann aber stehen wie Grigoris Krückstock. Wenn sie jetzt weiter ging, war sie verloren. Der Arzt hatte Ohropax in den Ohren. Er hörte nicht, wie sie schrie. Er hatte Scheuklappen auf den Augen. Sonst hätte er die Kröten, die ihr im Nacken saßen, entdeckt. Die Kröten wetzten ihre Haifischzähne an Claras Halsschlagader. Vor Schrecken pochte die sich tot.

Der Arzt klappte die Akte auf.

„Es geht mir gut", sagte Clara. „Ich weiß auch nicht wieso."

Der Arzt lächelte und Clara ging es noch etwas besser. Sie machte es sich in seinen Augen bequem.

Anke Hufland machte sich auf den Weg, die kleine Gesche zu besuchen. Sie hatte das mit der Heimleiterin abgestimmt. Ihr Saxofon nahm sie mit. Die Kinder waren auf dem Spielplatz im Kiefernwald hinter den Dünen. Anke konnte Gesche zuerst nicht entdecken. Dann sah sie sie allein hinter einem Baum sitzen.

„Hast du keine Lust, mit den anderen zu spielen, Gesche?"

Gesche guckte nicht hoch und sagte nichts.

Anke setzte sich zu ihr. „Soll ich dir ein Lied vorspielen?"

„Kannst du das denn?"

„Was möchtest du hören?"

„Da muss das Meer drin vorkommen."

Anke spielte den Anfang von *Seawind Eyes*.

„Aber da kann ich nicht mitsingen."

„Was kennst du für Lieder?"

Gesche summte die Melodie von einem Shanty. Anke spielte leise mit.

„Darf ich auch mal?"

Damit hatte Anke insgeheim gerechnet. Sie wischte das Mundstück ab und reichte Gesche das Instrument.

„Vorsicht, so ein Saxofon ist schwer. Ich halte es dir."

Gesche pustete, blies, hustete. Schließlich bekam sie doch ein paar Töne heraus.

„So eins will ich auch haben, wenn ich groß bin. So ein Saxo... – wie heißt das noch mal?"

„Saxofon, Gesche."

„Wenn ich das Saxofon allein halten kann. Spielst du mir noch etwas vor?"

Anke spielte drei Kinderlieder und Gesche sang mit. Die Musik lockte die anderen Kinder an. Sie standen um den Baum herum und hörten zu. Gesche freute sich und stand auf. Dann ging sie mit den anderen zur Rutsche.

Auf dem Rückweg traf Anke Patrick mit Puschkin. Puschkin sprang wie verrückt an ihr hoch.

„Unten bleiben", sagte Patrick, aber da war nichts zu machen. Puschkin ließ sich nicht abhalten.

„Wie geht es Clara?"

„Mal so, mal so. Im Moment scheint sie gut drauf zu sein. Ich hoffe, sie kommt bald aus der Klinik."

„Meinst du, ich könnte sie auch mal besuchen?"

Anke war in Besuchslaune. Der Gesche-Besuch heute hatte Erfolg gehabt. Vielleicht würde ihr das bei Clara auch gelingen.

Der Arzt schrieb etwas in seine gelbe Akte. Wahrscheinlich notierte er seine eigenen Sätze, denn Clara sagte nicht viel. Sie hatte die Verbindung zu ihm abgebrochen. Sie zappelte in der Strömung, versuchte, nicht fortgerissen zu werden, und musste nach Luft schnappen. Als sie auftauchte, sprach sie mit einer Wassernixenstimme, die sie von den Korallen abgekratzt hatte.

„Der Föhn plumpste wie ein Stein in das Badewasser. Die geben dir warmes Milchwasser zu trinken. Das schmeckt nach Fisch. Der Zug rast davon. Er hält erst in den Dünen."

„Was macht das mit Ihnen?"

„Nichts", sagte Clara. Sie hatte die Türklinke schon in der Hand.

„Bin ich Ihnen etwa zu nahe gekommen?"

„Weiter weg können Sie gar nicht sein."

Clara knallte die Tür zu.

Anke brachte einen Strauß Blumen mit. Clara schien sich zu freuen. Anke erzählte ihr, dass Gesche auf dem Saxofon ein paar Töne gespielt hatte und dann mit den anderen Kindern zur Rutsche gerannt war. Also ging es ihr gut. Clara nickte beruhigt.

„Hast du Lust, Tischtennis zu spielen?"

Jetzt nickte Anke. Sie verlor das Match im dritten Satz. Clara hatte hier wohl sehr viel Zeit zum Üben.

Beim Kaffee und einem Stück Bienenstich erzählte Clara, wie der Tag in so einer Klinik ablief. „Ich bin bald wieder bei euch am Meer, wenn man mich lässt. Es ist hier doch etwas langweilig, trotz der Singabende. Jeder Tag ist gleich. Sollen wir noch in den Park gehen?"

Im Park bewunderten sie die Frühsommerblumen und beobachteten das Rotkehlchen, das vor ihnen auf dem Weg hüpfte.

„Ich mag Rotkehlchen", sagte Clara. „Die sind so zutraulich, aber mein Lieblingsvogel ist der Eisvogel. Hast du schon einmal einen gesehen? Oder einen Puffin? Welchen Vogel hast du am liebsten? Ich mag auch Seeadler gern. Die haben eine Riesenflügelspannbreite und fliegen am höchsten."

„Da muss ich erst nachdenken. Ich glaube, ich mag Buntspechte und Eichelhäher, aber auch Spatzen."

„Ich habe eine Eichelhäherfeder zu Hause", sagte Clara. „Die steckt in meiner Kulidose. Wenn du willst, schenke ich sie dir, Anke. Die Feder, nicht die Dose. Die brauche ich noch."

Es war das erste Mal, das Clara Ankes Namen sagte. Anke verbuchte das als Besuchserfolg.

XIV

Patrick klopfte. Niemand öffnete. Er ging um die Mühle herum und schaute durch das Wohnzimmerfenster. Anke Hufland stand mitten im Raum und spielte Saxofon. Sie bemerkte einen Schatten am Fenster.

„Du bist es. Komm rein." Sie machte das Fenster sperrangelweit auf.

Patrick kletterte ins Zimmer. „Ich weiß, es ist spät, aber ich musste mit jemandem sprechen." Er setzte sich in den Ohrensessel. „Manchmal ertrage ich Clara nicht mehr. Sie ist so anders als früher. Selbst schuld, was hängt sie da auch in der Klapse herum."

„Willst du einen Tee?"

„Hast du keinen Deichgraf?"

Anke lachte und hoffte, mit ihrem Lachen vorübergehend Patricks Sorgen wegzuwischen.

Sie erzählte ihm von ihrem Besuch in der Klinik und was sie und Clara zusammen gemacht hatten. Also vom Tischtennis, Kaffee und Bienenstich, Parkspaziergang und von den Lieblingsvögeln. Sie berichtete auch, dass sie insgesamt einen guten Eindruck von Clara gehabt habe.

„Sie will bald wieder zu uns zurück."

„Da bin ich skeptisch", sagte Patrick. „Clara fühlt sich plötzlich an allem schuld. Am Tod ihrer Mutter. Dabei hat sie sie bis zum Ende gepflegt. Posttraumatische Stressreaktion, klar, ich verstehe das, aber sie entfernt sich immer mehr von mir und vermischt Realität und Fantasie. Weißt du, dass Clara in den 50er-Jahren ein Verschickungskind war? Und das mehrfach. Jetzt kommt das alles wieder hoch. Und ich habe Angst, dass sie sich ihren Psychiater zum Guru macht."

„Etwa eifersüchtig? Clara braucht keinen Guru, da kannst du beruhigt sein."

Clara hatte ihren Arzt überredet. Freigang – das ganze Wochenende. Sie schwor hoch und heilig, dass Patrick sie abholen würde, stieg dann aber allein in den Bus. Sie reiste ohne Koffer. Sie hatte genug unsichtbares Gepäck auf dem Rücken und gefühlte Eisenkugeln an den Füßen. Sie war froh, aus der Klinik herauszukommen. Sie ging zuerst an den Strand, warf Quallen zurück ins Wasser und vergrub ihre nackten Zehen im Sand. Sie streckte das Gesicht in die Sonne und atmete tief ein und aus. Das hier war Leben.

„Wieder hier?", rief Jens, als sie an seinem Gartenhaus vorbeikam.

Jens schob ihr den Liegestuhl hin. Clara nahm das imaginäre Messer vom Tisch und schnitt sich die Anstaltsfesseln ab. Sie schüttelte sich das Salz aus den Haaren.

„Darf ich ein Foto von dir machen? Du hast wieder den besagten Blick. Den in die Ferne gerichteten. Den brauche ich für das Foto."

Im Kameraobjektiv sah Clara Delfine sich tummeln. Ein kleines Mädchen hing an einem seidenen Faden an einer Wolke. Clara breitete die Arme aus.

„Alle haben dich hier vermisst, Clara."

„Hat es wieder gebrannt irgendwo?"

„Seitdem du weg warst nicht mehr. Wenn das kein Zeichen ist." Jens lachte. „Gestern war Arianes Beisetzung. Traurig, traurig."

„Und trauerst du auch?"

„Wieso nicht? Gerade ich", sagte Jens trotzig.

„Was ist mit der Polizei?"

„Die Kriminaltechniker sind wieder abgereist. Keinerlei Indizien für einen Mord, wenn du das meinst. Weiß Patrick eigentlich, dass du hier bist?"

Als ob alle immer alles wissen müssten.

Es ging sich besser ohne die Eisenkugeln. Die schwammen jetzt als silberne Bojen auf dem Meer. Die Ärzte müssten weit hinausschwimmen, um die Kugeln zurückzuholen. Für das nächste Irrlicht.

Das Ferienhaus machte sich klein, als es Clara herankommen sah. Das Gartentor quietschte. Claras Mutter schlug ihr Buch zu. Eine Schwertmuschel fiel aus den Seiten.

Claras Vater lauschte ihrem Schritt. „Da bist du ja wieder", sagte er und strich ihr über den Kopf.

Patrick war nicht da. Clara setzte sich auf einen der Küchenstühle und starrte nach draußen. Der Baum schlug mit Krückstöcken nach ihr. Wassermusik stieg aus den Wurzeln und floss in die Wanne. Clara gab Lavendelblüten hinzu. Der Föhn stöpselte sich selbst ein. Claras Eltern glitten in ihre Gräber zurück.

Eines Tages werde ich das Verlassensein verlassen. Darauf könnt ihr euch verlassen, auch wenn es immer wieder auftaucht, so plötzlich, wie es am Hauptbahnhof begonnen hatte. Das Verlassensein lauert in seinem Versteck. Immer wieder kommt es auf einmal zurück, manchmal nur leise, dann mit Getöse. Dagegen gibt es keine Pillen. Darauf kann ich mich wenigstens verlassen.

Clara stellte die Musik und das Wasser ab. Der Föhn lag seelenruhig oben auf dem Spiegelschrank. Clara beschloss, auf Patrick zu warten.

Der kam, wie bestellt, kurze Zeit später. „Weiß dein Arzt, dass du hier bist?"

„Natürlich, er hat mich doch hergebracht."

„Das nenne ich Service", sagte Patrick und nahm Clara fest in den Arm. „Was hältst du von Lammkoteletts mit Zucchinigemüse und Kartoffelgratin?"

Clara leckte sich über die Lippen. Kein rosa Puddingschälchen, kein Krückstock vorm offenen Fenster, kein Hagebuttentee, keine Milchsuppe und kein Hühnerei. Sie gab Patrick einen Sack Venusmuscheln. Der sah die Muscheln zwar nicht, aber sie rochen ein wenig nach Lavendelhonig. Clara legte einen Bernstein dazu. Die Fliegen in den Hohlräumen leuchteten wie schwarze Perlen. Komisch, dass Patrick sich nicht freute.

„Wir haben dich nie weggeschickt, Clara. Weggeschickt hast du dich selbst."

Wer sich nicht schickt, wird verschickt. Fort, weg, da knallt die Tür hinter dir zu und ab geht die Post. Noch schnell ein Stempel drauf, ein rosa Bändchen drum, damit es schön aussieht und dann mit den anderen Paketen im Paketwagen hoch gestapelt. Die Adresse ist unbekannt. Die wirst du schon kennenlernen, wenn du dort ankommst. Und wie du die kennenlernst, du Irrläufer du. Nach sechs Wochen des Herumliegens zurückgeschickt – *return to sender* – und du willst einfach weiterfahren, nicht ankommen, nirgendwo. Du wirst postgelagert. Zum Glück holt Mama dich ab.

Die Vergangenheit ist wie ein dickes Seil, an dem du mutig entlanggehst.

Wo hatte sie diesen Spruch gelesen? Sie ging ja, auch wenn kein Seil da war, nur diese Anstaltsfesseln, aber die hatte sie doch abgelegt, auch die Eisenkugeln. Clara schnitt Gesche von ihrem seidenen Faden ab. Alles wird gut, es wird alles gut, Kleines.

„Wo warst du so lange?", fragte eine kleine Stimme. Die Stimme saß hinter der Hecke, einen Stoffterrier im Arm. Der Hund trug eine Heckenrose am Halsband.

„Findest du Foxi schön?"

„Wunderschön", sagte Anke Hufland. „Darf ich ihn streicheln?"

„Weißt du, wo Clara ist?"

„Clara ist krank, aber sie wird wieder gesund und dann kommt sie dich besuchen."

„Ich war auch krank. Zum Glück bin ich wieder gesund. Ich muss Foxi ja füttern."

„Was frisst er denn?"

„Gras, Sand, Fische, Wolken und Schokolinsen. Aber er mag auch Lakritz."

„Ich habe nur Pfefferminz in der Jackentasche. Frisst er das auch?"

„Hast du ein Pfefferminz für mich?"

Anke und Gesche lutschten.

„Woher hast du denn Foxi?"

„Von Mama natürlich. Die rote Jeans ist auch von ihr. Guck mal." Gesche kroch durch das Loch in der Hecke und stolzierte vor Anke auf und ab.

„Wie findest du mich?"

„Absolut super. Ein kleiner roter Seeteufel."

„Dabei habe ich ein bisschen Angst vor dem Wasser und vor Teufeln."

„Ist eigentlich Ariane plötzlich in die Wanne gefallen?"

„Es hat im Wasser geblitzt. Ich bin froh, dass ich Foxi habe und Claras Seehund."

„War Clara schon da, als es blitzte?"

„Hast du noch ein Pfefferminz? Willst du Foxi mal in den Arm nehmen? Mama nimmt mich auch in den Arm, wenn ich Angst habe."

„Hast du denn Angst, Gesche?"

„Ich gehe jetzt. Foxi braucht seinen Mittagsschlaf."

Weg war sie.

XV

Das Strandcafé war wie ein Magnet. Anke Hufland verzehrte ihr Stück Friesentorte in Gedanken an Gesche, Seeteufel und Foxi. Der Kandiszucker knisterte in der Tasse. Sie sollte sich nicht allzu sehr in Gesches und Claras Geschichten hineinziehen lassen, dachte sie. Sie war ein freier Mensch und wollte die Zeit hier eigentlich so richtig genießen, aber die beiden Verschickungsgezeichneten spukten ihr wie wild im Kopf herum. Als sie aufblickte, sah sie Clara an einem der anderen Fenstertische sitzen. Anke winkte und Clara stand auf. Sie setzte sich zu Anke. Dabei legte sie ihren Zeichenblock auf die Fensterbank.

„Schön, dass du wieder da bist, Clara."

„Findest du?"

„Finde ich. Die Friesentorte ist spitze. Bist du denn wieder richtig gesund?"

„Bin ich, klar. Und gibt es was Neues?"

„Ich habe Gesche mit ihrem Foxi getroffen. Sie hat mir auch ihre rote Latzhose vorgeführt."

„Hat sie sonst etwas erzählt?"

„Von Seeteufeln und dass sie Angst hat."

Anke betrachtete Clara, während die ihre Friesentorte aß. Sie hatte definitiv abgenommen und dunkle Ringe unter den Augen. Ob ihr der Krankenhausaufenthalt wirklich gutgetan hatte?

„Tut mir so leid, dass ich euer Konzert verpasst habe. Wie war es denn?"

Anke erzählte und ließ auch das Labskaus nicht aus.

„Da ist Jens", sagte Clara.

Jens fotografierte sie durch die Strandcaféscheibe.

„Auf frischer Tat ertappt", sagte er, als er an ihren Tisch trat. „Zwei schöne Frauen beim Schlemmen. Was für ein Stillleben."

„Immer noch besser als deine Fotos."

„Vertu' dich nicht, Clara. Ich bin gerade dabei, eine Ausstellung zu organisieren. Das Foto mit deinen brennenden Haaren kommt da super zur Geltung. Und natürlich dein feuriger Blick."

„Arschloch", sagte Clara.

„Von wegen Arschloch. Ich mache das für das *Seepferdchen*. Ein Charity Event. Von dem Erlös können die sich ein Karussell und Hüpfbälle kaufen."

„Seit wann hast du etwas für Kinder übrig?"

„Du unterschätzt mich, Claralein. Ich habe eine Menge optimaler Kinderporträts geschossen. Bei Kerzenschein, am Lagerfeuer, beim Lampionumzug. Wie Gesche ein Streichholz auspustet."

„Lass Gesche aus dem Spiel." Clara schlug mit ihrem Teelöffel Jens auf die Hand.

„Ganz im Ernst", versuchte Jens die Wogen zu glätten. „Ihr wisst doch, dass die *Seepferdchen*-Finanzen nicht mehr so rosig sind. Da können hier noch so viele Rosen im Sommer blühen. Leere Häuser, leere Kassen. Guckt euch doch die Kurklinik an. Dasselbe Spiel. Da muss einer endlich mal etwas tun. Was ist, Anke, bist du dabei?"

„Wobei?" Anke setzte ihre Teetasse ab.

„Wir kombinieren die Ausstellung mit Musik von den Shellsounds. Die anderen Bandmitglieder haben schon zugestimmt. Selbst Griet ist im Lande."

„Und wo soll das Ganze stattfinden? Und wann?"

„Bei Henk. Der bietet ein Gala-Buffet an. Teile der Einnahmen vom Eintritt und vom Verzehr gehen dann in das Karussell und die Hüpfbälle."

„Da hüpft den Kindern aber das Herz. Die brauchen was anderes als Hüpfbälle." Clara verzog das Gesicht.

„Clara, der ewige Miesepeter. Du brauchst ja nicht teilzunehmen. Was meinst du, Anke?"

„Ich finde die Idee gar nicht schlecht. Dann können die Kinder sich austoben und auf den Hüpfbällen ihre Wut rauslassen."

Clara griff nach der Kuchengabel und spießte ihre Serviette auf.

„Ist doch besser, als ihre Aggro untereinander abzureagieren, oder?"

„Ihr habt keine Ahnung", sagte Clara.

„Nimm doch zum Beispiel Gesche, das kleine Biest." Jens beugte sich vor. „Die hat es doch faustdick hinter den Ohren. Was Ariane alles erzählt hat!"

„Du weißt nichts über Gesche, gar nichts." Claras Stimme war plötzlich sehr laut. Zu laut für das Strandcafé. Die anderen Gäste schauten herüber.

„Ich weiß mehr, als du denkst, Clara."

„Riesenarschloch", zischte Clara.

„Du scheinst komplett wieder gesund zu sein, Piratin der Meere."

„Pass auf, dass ich dir mit meinem Piratinnensäbel nicht den hirnlosen Kopf absäbele."

Jens grinste.

„Mensch, hört auf zu streiten", sagte Anke Hufland.

Clara nahm ihren Zeichenblock von der Fensterbank.

„Lass mal sehen."

Jens griff nach dem Block und schlug das Deckblatt um.

„Nicht schlecht. Claras Unterwasserwelt."

Ein Schloss aus Schwertmuscheln, durchbohrte Haifische am Schlossportal. Brennende Krebse auf der Zugbrücke. Dann ein Porträt von Anke mit Tee und Ostfriesentorte.

„Sei kein Frosch, Clara. Das stellen wir mit aus. Dann tust du was für deine Gesche."

„Du könntest ein paar der Zeichnungen dem *Seepferdchen* schenken", sagte Anke.

„Für den Speisesaal, Clara. Der ist öde genug." Jens griff Ankes Idee sofort auf.

„Für die Badeabteilung", sagte Clara und nickte. „Das mit den Schwertmuscheln." Sie riss Jens den Zeichenblock aus der Hand, zahlte und ging.

„Also gebongt", sagte Jens vergnügt und rieb sich die Hände. „Mit breit gestreuter Werbung, Einladungen auch an die nahe gelegenen Küstenorte. Pass auf, das wird eine gefragte Wanderausstellung."

„Träum weiter", konnte Anke sich nicht zurückhalten zu sagen, aber sie ließ sich von Jens' Eifer anstecken. Wenn sie keine Alten und Kranken pflegte, konnte sie hier wenigstens etwas bewirken. Außerdem würde das mehr Frauen in die Kulturszene bringen. Den Unterwassersound würde sie schon auf ihrem Saxofon hinbekommen. *The pirate queen from Inisheen.* Griet hatte dafür genau die richtige Stimme.

„Wirst du mich vermissen?"

„Das weißt du genau", sagte Patrick und legte den Arm um Clara.

„Ich will hierbleiben, bei dir."

„Du musst erst vollkommen gesund werden. Das dauert vielleicht noch eine Zeit. Du brauchst immer noch Ruhe. Das war einfach zu viel für dich. So eine Sterbebegleitung ist nicht ohne."

„Mein Kopf tut mir weh. Das ist, als ob der Schädel in tausend Stücke zerspringt. Die fliegen schon durch die Luft."

„Hier fliegt nichts durch die Luft. Hast du deine Tasche gepackt? Komm, wir müssen los, sonst verpasst du den Bus."

Clara stand neben Patrick an der Haltestelle. Der Wind wehte ihr die Haare in die Augen. Möwen stießen immer wieder vom Himmel und stürzten sich auf herumliegende Pommes.

„Soll ich mitfahren, Clara?"

„Ich fahre allein hin, aber denk bitte an mich."

„Ich denke immer an dich."

„Nicht immer", sagte Clara und stieg in den Bus.

„Halte die Ohren steif. Du schaffst das", sagte Patrick noch, doch da schlossen sich bereits die Bustüren.

Clara schluckte. Die Passagiere saßen wie leblose Puppen auf ihren Sitzen. Clara seufzte.

„Kennst du den?", fragte Marius und setzte zu einem neuen Breitmaulfroschwitz an.

„Singen wir heute wieder?", wollte Inken wissen. „Willst du meine Igelfamilie sehen?"

„Es gab Kohlrouladen und Himbeereis."

Grigoris Stuhl war leer. Vakuumverpackt, alle Patienten, doch die Welt hatte mit aller Macht nach Grigori gegriffen.

Hilde heulte plötzlich los.

„Könnt ihr die Heulsuse bitte mal stoppen? Das ist ein Krankenhaus hier und keine Heulbojenanstalt. Ich brauche Ruhe."

„Ruhe hast du erst, wenn du im Sarg liegst."

„Der Chef will Sie gleich noch mal sprechen." Der Pfleger Udo war leise hereingekommen.

„Stimmt das, dass die Tabletten den Sexualtrieb hemmen? Du kennst dich doch aus, Udo", sagte Jojo anzüglich lächelnd.

„Was hast du für eine schöne Jacke, Clara. Darf ich die mal anziehen?" Clara zog ihre Strickjacke aus und gab sie Inken. Inkens Augen leuchteten auf. „Kann ich die bis morgen behalten? Du kriegst auch eine Banane dafür."

Clara wartete auf ihrem Zimmer auf den Arzt. Ärzte mussten eine andere Zeitrechnung haben. „Gleich", hatte der Pfleger gesagt, aber Clara hatte genug Zeit, um die zerzausten Haare zu kämmen. Die Ärzte beurteilten den Krankheitsgrad auch nach dem Äußeren. Es gab Pluspunkte, wenn sie ordentlich aussah. Und Pluspunkte brauchte Clara, um so schnell wie möglich entlassen zu werden. Sie holte die Buntstifte und den Zeichenblock aus der Tasche. Sie malte ein Bild für den Arzt. Ein hellgraues Krankenhaus. An den Außenwänden hockten Wasserspeier, aus deren Mäulern Feuer statt Wasser kam. Dem Arzt würde das sicher nicht besonders gefallen.

„Haben Sie ein schönes Wochenende gehabt?" Der Arzt trat ins Zimmer. Er trug heute Jeans und einen hellblauen Pullover. Viel schöner als der dunkle Anzug.

„Und Sie?", fragte Clara.

Erstaunt sah der Arzt Clara an. Gleich würde er sie in ihre Schranken verweisen. Er warf einen schnellen Blick auf das Bild, sagte jedoch nichts. Er strich sich die Haare aus der Stirn. Das hätte Clara ebenso gut machen können. „Nun?"

Warum musste er jedes Gespräch so anfangen? Er sah sie mit leeren Augen an. Dann erzählte Clara in geordneter Weise vom Wochenende am Meer. Sie hatte Friesentorte gegessen, Patrick hatte Zucchini-Auflauf gemacht. Sie hatte Freunde getroffen. Um 17.15 Uhr war sie in den Bus gestiegen. Sie hatte auch ein wenig gemalt. Einige Bilder würden demnächst ausgestellt werden. Sie sagte nicht, dass sie zu Jens Arschloch und Riesenarschloch gesagt hatte.

Keine psychotischen Symptome, schrieb der Arzt in die Akte.

„Die Wasserspeier spucken Flammen", sagte Clara.

Diesen Satz notierte der Arzt nicht. So viel Platz war ja auch nicht in der Akte. „Dann gute Nacht", sagte er und schloss die Tür hinter sich.

„Bleib hier", schrie Clara, aber der Arzt hatte wieder sein Ohropax in den Ohren.

Clara rannte aus ihrem Zimmer. Sie wollte die Station kurz und klein hauen. Sie schmierte Blut an die hellgelben Wände. Am nächsten Morgen war alles schön sauber und Clara fürchtete sich vor leeren Augen und verstopften Ohren. Beim Tischtennisspiel mit Wanja gewann sie. Ein gutes Zeichen.

Beim Morgengespräch mit dem Arzt beobachtete Clara dessen Augen. Sie sah die Müdigkeit, die Langeweile und manchmal bengalisches Feuer, Sonnenstrahlen und Mondlicht. Sie sah auch die Lachfalten um die Augen. Die mochte sie besonders gern. Hin und wieder fiel ihr die spöttische Form der Lippen auf. Zum Schluss, bevor er einen flüchtigen Blick auf die tickende Uhr warf, waren seine Augen wieder vollkommen leer. „Du sollst mich anschauen", sagte Clara.

XVI

„Mama", schrie Gesche, als Frau Jörgensen sie unter die Dusche schob. Sie verschluckte sich am Wasser, das zu heiß oder zu kalt war. Das Shampoo brannte wie Feuer. Der Waschlappen scheuerte auf der Haut. Gesche kniff die Augen zu und machte sich steif.

„Steh still", sagte Frau Jörgensen, dabei stand Gesche doch still. „Du bist ungezogen."

„Bin ich nicht. Ich bin ein Wasserteufel."

„Eben", sagte die Heimleiterin und warf Gesche das Kleiderbündel zu.

„Kannst du nicht mal etwas anderes als diese ewige rote Hose anziehen?"

„Ich mag deine Hose auch nicht, auch nicht die alberne Bluse mit der doofen Schleife", sagte Gesche leise, aber nicht leise genug.

Frau Jörgensen schimpfte. Sie schimpfte so laut, dass Gesches Teufelshörner herunterfielen. Ein Seeteufel ohne Hörner jagte niemandem Angst ein. Gerade wollte Gesche aus der Badeabteilung entwischen, da sah sie funkelnde Augen hinter der Tür. Sie konnte nicht mehr stoppen und rannte direkt in die Arme des Wassermanns.

„Das reicht jetzt, Gesche", sagte Frau Jörgensen. „Dann putzt du erst einmal alle Kacheln schön blank."

Sie hätte ihr keinen größeren Gefallen tun können. So würde Gesche die dummen Kreisspiele vermeiden. Hier bei den nassen Kacheln könnte sie allein für sich spielen und warten, dass Mama sie holte.

Sie rieb die Fliesen ab und polierte ein paar so lange, bis ihr ein Gesicht entgegensah. Zwei neue Seeteufelhörner wuchsen aus dem Kopf. Die stieß sie gegen die blitzblanke Wand.

„Wenn du so böse bist, hole ich dich nicht", sagte Mama.

„Ich will tot sein", sagte Gesche. „Foxi auch."

Das Zuckerstück lag schon auf dem Löffel. *Tropf, tropf* aus der braunen Flasche. Das Zuckerstück krümmte sich vor Schrecken. Gesche bewegte sich nicht in den Kissen.

Am Schlafsaalfenster blies der Wind Seefische vorbei. Die Bettdecken in den anderen Betten türmten sich zu Eisgletschern auf. Ein Seehund spielte Heulboje. Ein böses Gesicht schaute aus den Wolken. Gesche stach eine Schwertmuschel mitten hinein. Dann lauschte sie der Geschichte vom Mond und dem Walfisch und wie der Mond dem Walfisch half, wieder zurück in das offene Meer zu schwimmen.

„Sie schläft zum Glück."

Glücklich war Gesche erst, als sich die Schlafsaaltür schloss. Ihr neuer Seehund und Foxi atmeten auf. Auf ihre Freunde konnte sie sich verlassen. Das nächste Mal, wenn sie unter der Dusche war, würde Foxi zubeißen und der Seehund würde die ganze Welt zusammenheulen. Gesche drehte sich auf den Bauch.

„Mama", flüsterte sie in ihr Kissen. Dann erreichte der braune Zucker endlich den großen Zeh.

„Sie bestraften sich selbst", sagte der Arzt.

Wofür sollte sich Clara bestrafen? Dass sie zu viel an Gesche dachte? Dass sie Mutters schweren Körper nicht hatte halten können? Dass der scheppernde Ton der Bettpfanne den Sonntagmorgen zerriss?

„Noch nie bin ich richtig getröstet worden", dachte Clara. „Niemand backt ein Buttermilchbrot für mich. Keiner da, der mich in eine warme Decke wickelt."

Der Arzt sah auf die Uhr. Eine Tür fiel zu.

„Ist was?", fragte Jojo auf dem Gang.

Clara wandte ihr Gesicht ab.

Jojo tippte sich an die Stirn. „Wohl völlig bekloppt geworden, was?"

Clara ging kickern. Sie spielte gegen sich selbst. Und verlor. Sie dachte an den Arzt, der hinter der Tür über ihrer Akte am Schreibtisch saß und gähnte. Dann flog er auf die Stuhllehne. Der Raubvogel wartete auf das nächste Küken.

Clara setzte sich auf Grigoris Stuhl. Wo war bloß sein Krückstock geblieben?

Anke Hufland machte sich auf den Weg. Patrick hatte ihr fünf Zeichnungen von Clara ausgeliehen, die sie Jens zeigen wollte. Jens war nirgends zu finden, obwohl seine Tür offenstand. Vielleicht war er in seiner Dunkelkammer. Anke ging hinein. Kinderglück hing zum Trocknen an der Leine. Kind mit Ball, mit Eimer und Schaufel am Strand. Ein Kind, das sang. Eins auf den Zehenspitzen. Die kleine Gesche mit ihrem

Hund Foxi, ein wenig verschwommen. Anke hatte ein messerscharfes Bild von Gesche im Kopf. Wie sie auf den Treppenstufen mit einem Streichholz sitzt und ihr die Zunge herausstreckt. Wie sie am Meeresufer eine Piratinnenburg baut. Wie sie Schwertmuscheln sammelt.

Auf dem Tisch lagen weitere Fotos – in Schwarz-weiß mit gezacktem Rand. Das mussten historische Aufnahmen sein. Kinder gehen zu zweit Hand in Hand durch den Ort, eine lange Schlange. Sie sitzen am Tisch und halten die Löffel erwartungsvoll hoch. Sie suchen mit Körben Ostereier im Gras. Sie liegen in Decken gehüllt auf der Veranda. Sie formen Figuren aus Knete. Ein Mädchen steht splitternackt in einer Zinkbadewanne. Frontalansicht. Es scheint zu frieren und sieht unglücklich aus.

„Suchst du was?" Jens stand plötzlich im Raum. Er schob Anke etwas unsanft hinaus und schloss die Dunkelkammertür ab. „Zutritt verboten", sagte Jens.

„Kann das Clara sein?", fragte Anke vorsichtig.

„Wer soll Clara sein?"

„Auf dem Foto in der Wanne. Das Mädchen sieht ihr ähnlich."

„Quatsch, die Fotos sind von anno dazumal, da war Clara noch nicht auf der Welt."

„Aber hinten auf dem Foto steht eine Jahreszahl, da war Clara vier."

„Und wenn schon", sagte Jens. „Alles Historie."

„Eben nicht, Jens."

Anke nahm Claras Zeichnungen wieder mit, ohne sie Jens gezeigt zu haben. Sie fühlte eine seltsame Unruhe in sich. Wie lange sollte sie hier am Meer eigentlich bleiben? Könnte die Benefizveranstaltung ein Schlusspunkt sein? Manchmal vermisste sie in letzter Zeit ihre Kolleginnen und ihre Patienten. Würde sie ihr Saxofonspiel professionalisieren können, um genug Geld zu verdienen? Immerhin hatte sie noch eine Weltreise vor. Es gab schließlich einige Länder, die sie bereisen wollte. Sie war noch nie in Australien gewesen. Dabei hatte sie dort Verwandtschaft, eine Cousine, die sie schon einmal in Berlin getroffen hatte. Mit der verstand sie sich gut. Ab und zu schrieben sie sich.

Gerade als Anke Teewasser aufsetzte, stand Jens in der Tür.

„Was wolltest du eigentlich bei mir? Bisschen herumspionieren?"

„Ich wollte dir ein paar von Claras Zeichnungen zeigen. Ich mache mir eben Gedanken um unser Projekt. Das muss ein Erfolg werden."

„Ach, plötzlich im Erfolgsfieber? Etwa Lunte gerochen?"

„Man sollte nie von sich auf andere schließen."

„Wie meinst du das?"

Jens sah sie scharf an. „Dann zeig endlich her."

Anke breitete die Zeichnungen auf dem Küchentisch aus.

„Warum malt Clara eigentlich so viele Unterwasserbilder?"

„Keine Ahnung, aber die passen doch zum *Seepferdchen*-Projekt."

„Woher sie bloß diese starken Bilder nimmt? Verrückte leben wohl in ihren eigenen Bildern."

„Clara ist nicht verrückt. Dann müsstest du auch verrückt sein, bei den Fotos."

Jens lachte. „Welche findest du stark?"

„Das mit dem Mädchen in der Zinkbadewanne."

„Das ist nicht von mir. Wahrscheinlich vom alten Inselfotografen."

„Ich glaube, das ist Clara."

„Du spinnst, Anke. Kriege ich auch einen Tee?"

Anke stellte ihm eine Tasse hin. Sollte er sich doch selbst einschütten.

„Hast du keinen Kandiszucker?"

„Hast du nur dieses einzige Foto von Gesche? Das mit dem Stoffhund?"

„Gesche ist nicht besonders fotogen", sagte Jens und schlürfte seinen heißen Tee.

„Da bin ich aber ganz anderer Meinung. Hast du schon mal ihre Augen gesehen?"

„Als ob es auf Fotos auf Augen ankommt."

„Worauf kommt es denn an?"

„Davon verstehst du nichts. Ein Foto muss eine Story haben, ein inneres Drama."

„Genau, Jens. Und genau das hat das Foto in der Wanne. Dazu schreibe ich einen Song. *Cruel Bathing*."

„Du spinnst", sagte Jens noch einmal. „Aber komm morgen vorbei und spiele ihn mir vor. Dann werden wir sehen. Historische Fotos habe ich eigentlich nicht eingeplant."

„Du nicht."

„Was hältst du denn von meinem Foto mit Urne und Klavier? In der Urne sind meine Kondome."

„Wie geschmacklos", sagte Anke.

„Überhaupt nicht. Später kommt da meine Asche rein, wenn ich keine Kondome mehr brauche."

„Warum füllst du die Asche nicht einfach in die Kondome? Die können die Trauergäste im Meer schwimmen lassen."

„Dann kriegst du die Urne. Du kannst einen Rumtopf darin ansetzen." Jens schob ihren Pullover hoch. „Starkes Bild", sagte er. Das Sofa war eine Ecke bequemer als der Küchentisch. Dieses Mal hatte Jens Kondome dabei und Anke kein schlechtes Gewissen.

Laura setzte Gesche am Kurmittelhaus vor der Klimakammer ab. Gesche ging gern in die Klimakammer. Heute war sie dort das einzige Kind. Die Erwachsenen freuten sich, als sie erschien. Der Opa hatte Schokolinsen dabei. Die hatte sich Gesche gewünscht.

„Da bist du ja wieder", sagte er und rückte zur Seite.

„Erzählst du mir eine Geschichte?"

„Und was krieg ich dafür?"

Warum wollten alle immer etwas haben?

„Du kannst einen Tag meine rote Latzhose anziehen."

„Lass man, Lütte. Ich bin viel zu dick dafür."

Na, dann nicht.

„Los, Lütte, sing uns was vor."

Gesche sang: „*Do kom do Polozo jo wo os donn dos. Dra Chanasen mat dam Kantrabass.*"

„Nicht so laut, Lütte. Die schmeißen uns hier noch raus."

Und dann erzählten die Erwachsenen Geschichten. Frau Löwe wurde von einem Kurschatten verfolgt. Der lud sie ins Strandcafé ein. Hatten Schatten überhaupt Geld? Und wohin steckten sie das Geld? Schatten trugen doch keine Hosen. Opa Schokolinse bekam Kurverlängerung. Wieso freute er sich so? Die dunkelhaarige Frau aß nur vegetarisch.

„Schmeckt das wie Spaghetti mit Rührei?", fragte Gesche.

Antje ging nicht mehr zur Atemgymnastik. Sie hatte Stress mit der Fisopeutin ... oder so ähnlich.

„Ich habe auch Stress, Föhnstress", sagte Gesche.

„Nu mach mal halblang, Kindchen. In deinem Alter hat man keinen Stress."

„Hat man doch", dachte Gesche, sagte aber nichts mehr.

Gesche atmete durch. Die Klimakammer tauchte unter Wasser. An den U-Bootluken schwammen Kugelfische vorbei. Mit den Flossen winkten sie Gesche zu. Ein Seepferdchen wieherte. Bunte Luftschlangen hingen in seiner Mähne. Gesche klatschte in die Hände. Das dröhnte durch die Klimakammer. So viel Lärm mochte der Wassermann nicht. Sein grüner Mund schnappte sich Gesches Atem.

„Der Wassermann", flüsterte sie.

Schokolinsenopa musste ein gutes Gehör haben oder Hörgeräte.

„Der Wassermann, der uns nichts kann", sagte er.

Das U-Boot tauchte auf und legte im Hafen an. Die Luken öffneten sich und heraus spazierten Lieder, Geschichten und eine Tüte Schokolinsen.

XVII

Pit saß an der Theke und genehmigte sich ein frisch gezapftes Bier.

„Gute Arbeit", sagte Freddy. „War doch klar, dass das keiner von hier war."

„Haben die auch die Schafe auf dem Kerbholz?", wollte Hansen wissen.

„Das ist ungeklärt, wird wohl auch nicht mehr zu klären sein", sagte Pit. „Es gibt ja so feuergeile Typen, Pyromanen."

„Die mit den Strandkörben waren doch erst dreizehn. Dann können die nicht bestraft werden, oder? Die sind doch nicht strafmündig, oder? Eltern haften für ihre Kinder."

„Du sagst es. Die Eltern müssen blechen. Hoffentlich haben die eine Haftpflichtversicherung."

„Die zwei sollten mal zur Strafe unsere Strände säubern. Da liegt doch genug Müll herum. Sozialstunden oder so."

„Wie bist du denen denn auf die Schliche gekommen, Pit?"

Pit hustete. „Machst du mir noch eins, Freddy?"

Pit nahm einen Schluck. Er wischte sich den Schaum ab. „Die haben sich selbst gestellt."

„Soll es geben, so einen Geständniszwang. Tun die, die meine Schafe abgefackelt haben, hoffentlich auch."

„Die sicherlich nicht", sagte Patrick, zahlte und stand auf.

„Grüß Clara von uns. Die soll bald wieder zurückkommen."

„Verrückte brauchen wir hier nicht."

Zum Glück hatte Patrick Pits Bemerkung nicht mehr gehört.

„Sie haben immer noch ihre Kinderheimbrille auf", sagte der Arzt. „Die sitzt ganz schön fest."

„Aber ich kann die kleine Gesche doch nicht einfach ihrem Schicksal überlassen."

„Kinder passen sich an. Heutzutage haben Kinderheime gut ausgebildetes Personal, das ist psychologisch geschult. Das weiß, was es tut."

„Genau", sagte Clara.

„Kinderheime sind keine Folterkammern."

Der hatte keine Ahnung. Der kannte Gesche nicht. Der kannte die schrillen Stimmen nicht. Immer pickten die sich ein Kind heraus, das in ihrem Zirkus nicht mitspielte, das nicht mit ihnen lachte, wenn es lachen sollte, wenn es in der Nacht nach Mama schrie.

„Du wirst weggesperrt. Isolierstation. Die sagen, du hast Keuchhusten oder dass du böse warst. Die verstecken Hexen und Drachen in Zimmerecken. Die schlagen mit Besenstielen nach dir. Die halten dir den Mund zu, damit du nicht atmen kannst. Die pressen Rührei in dich rein. Die zwingen dich, deine Kotze zu essen. Die klauen dir Sachen aus dem Paket. Die spielen mit deinen Plüschtieren, essen deine Ostereier auf. Die schreiben, dass es dir gut geht. Mama glaubt das dann. Etwa keine Folterkammern, Herr Doktor?"

Laut sagte Clara: „Und dann war meine Mutter tot."

„Sie haben alles getan, was Sie tun konnten. Ihre Mutter durfte zu Hause bei Ihnen sterben."

„Ich hätte mehr mit ihr sprechen müssen. Aber damals hat sie ja auch nicht mit mir gesprochen. Sechs lange Wochen lang."

„Erzähl nicht so dummes Zeug, Clara", sagte sie, als sie wieder zu Hause war. „Du mit deiner riesengroßen Fantasie. Das Kinderheim hat dir doch gutgetan. Du hast zugenommen und die Bronchien sind frei. Schau dir das nette Foto an. Deine Freundin legt sogar den Arm um dich. Und so ein hübscher Junge neben dir."

Schusche, der mit nasser Schlafanzughose im Mädchenschlafsaal nach dem Mond suchte. Pippa und Bubu kannten die Geschichten, denen brauchte sie nichts zu erzählen.

Und der Arzt wusste es sowieso besser, der Idiot.

„Ich werde demnächst eine Zeit lang nicht hier sein", sagte der Arzt. „Auch Ärzte brauchen mal Urlaub."

Clara nickte. „Geh bitte nicht. Ich verspreche, ich erzähle dir alles", dachte sie. Clara machte sich steif. Sie drehte sich den Atem ab. Die Starre kroch in die Schultern, den Hals, die Fingergelenke, die Beine. Sie stand auf, bevor auch das Herz noch erstarrte. Clarablau pochte es weiter. „Bleib hier. Ich will, dass du da bist."

Der Arzt fuhr bereits Richtung Süden in die Toskana. Bei dem Fahrtwind hörte er Clara nicht. Sonst hätte er sicher umgedreht.

„Was ist los, Kleines?"

Der Arzt kam nicht, dafür kamen Moorgespenster aus ihren Wasserlöchern.

Wieso klingelte das Telefon nicht?

Anke hatte sich vor ein paar Tagen entschlossen, für alle wieder erreichbar zu sein. Die Pause hatte ihr gutgetan. Der Pflegedienst würde sich mittlerweile an ihre Abwesenheit gewöhnt haben. Sie ging davon aus, dass ihre Patienten hinreichend versorgt waren. Jede konnte ersetzt werden, auch sie selbst. Es klingelte.

„Aaaanke?"

Nur Sonja dehnte das A so lang aus. Sie bestand darauf.

„Sonst schriebst du dich doch mit Doppel-N." Sonja nahm die deutsche Sprache sehr genau. „Du fällst aus allen Wolken."

„Was gibts Neues, Sonja? Nein, sag nichts. Die haben ein Allheilmittel gegen Aids, Creutzfeld-Jakob und Krebs gefunden und du heiratest den millionenschweren Wissenschaftler."

„Darüber macht man keine Witze. Du in deinem Küstenkaff kannst überhaupt nicht mitreden. Du und deine Elfenbeinmühle. Ein bisschen Saxofon spielen und sich Krebsschwänze jeden Tag reinziehen."

Sonja, wie Anke sie mochte.

„Für Strafpredigten brauchst du mich nicht extra anzurufen, Süße."

„Wer, glaubst du, ist auf einmal wieder aufgetaucht?"

„Das Spendenskandalgedächtnis."

„Falsch. Du darfst noch zweimal raten."

„Dein Feuerzeug."

„Völlig daneben. Ich rauche nicht mehr. Fängt mit H an."

„Heintje, Heino??"

„Halte dich fest. Er ist wieder da."

„Dein Ex-Freund?"

„Haribo."

„Wer?"

„Vielleicht erinnerst du dich vage. Ein braunes, ein blaues Auge."

„Mein Kater?"

„Genau. Ich versorge ihn jetzt."

„Sonja, ich liebe dich."

„So weit musst du nicht gleich gehen. Wie lange bleibst du noch dort? Haribo hat Sehnsucht nach dir."

„Du nicht?", fragte Anke.

„Oder ich bringe ihn zu dir. Vielleicht braucht Haribo 'ne Kur. Abgemagert wie der ist."

„Päppel ihn erst einmal hoch und gib ihm einen dicken Kuss auf die Schnute."

„Ich werde mich hüten. Wer weiß, wo der überall rumgeschnuppert hat. Also, wann kommst du?"

„Ich brauche noch ein bisschen. Versteh das bitte. Aber bald."

„Dann schöne Grüße von Haribo. Der liegt übrigens am liebsten auf deinem dunkelblauen Mohairpullover."

Den würde sie wegwerfen können. Der Kater hatte zwar ein schönes rotes Fell, aber die Haare ließen sich nicht entfernen, auch nicht mit einer Rubbelbürste. Vielleicht hatte Clara eine Idee. Puschkin haarte bestimmt auch.

„Tschüss, mein Mädchen. Und bleib anständig."

Anke sagte nichts und Sonja legte auf.

Was für ein Glück, dass Haribo wieder bei ihr und Sonja zu Hause war. Anke liebte den Kater, auch wenn er oft nervte. Etwa mitten in der Nacht, wenn es ihm plötzlich einfiel, auf Mäusejagd gehen zu wollen. Er sprang auf ihr Bett, miaute, schrie fast, bis sie ihn in den Garten ließ. Damit war die Nachtruhe endgültig vorbei.

Anke war tieftraurig, als Haribo eines Tages verschwand. Sie malte sich alles Mögliche aus. Er war überfahren worden, im Kanal ertrunken, mit einem Tatzenhieb vom Nachbarkater ermordet. Irgendwann hatte sie es aufgegeben, auf ihn zu warten. Eine neue Katze kam nicht infrage. Vielleicht sollte sie sich einen Hund anschaffen? So einen wie Puschkin, aber Haribo war wieder da. Ein Anreiz, doch bald nach Hause zu fahren?

Anke kaufte schon einmal Katzenfutter mit Gelee, Erbsen und Fleisch.

„Lecker, darf ich zum Essen vorbeikommen?"

Patrick warf einen vielsagenden Blick in Ankes Einkaufskorb. „Herzlungenragout, wow."

„Haribo mag das."

„Dein Lover?"

„Mein Kater."

„Ich wusste gar nicht, dass du einen Kater hast."

„Ich auch nicht. Haribo galt als vermisst. Jetzt ist er wieder da und ich freue mich."

„Wenigstens eine, die Grund zur Freude hat."

„Was ist mit Clara?"

„Ihr Arzt hat Urlaub. Schon fühlt sie sich wieder allein."

„Ich dachte, sie würde demnächst entlassen."

„Davon träumt sie nur. Rezidivierende depressive Störung."

„Quatsch mich nicht voll", dachte Clara, als sie Frau Dr. Wenniger gegenüber saß. Von wegen mittelgradige Episode. „Ich bin immer so. Habe eben eine riesengroße Fantasie. Sagt Mutter auch immer."

Auf dem Weg zur Mühle kam Anke eine Kindergruppe entgegen. Gesche trödelte als Nachhut hinterher. Anke hielt an.

„Mein verlorener Kater ist wieder da. Ich freue mich so. Er hat rotes Fell und liegt auf dem Sofakissen."

„Bist du seine Mama? Kannst du auch meine Mama sein? Mama und Clara kommen ja nicht." Gesche zog eine halbe Tüte Schokolinsen aus der Hosentasche. Die waren zerdrückt und teilweise geschmolzen. „Das ist für deinen Kater. Wie heißt er?"

„Haribo."

„Wie Lakritzschnecken." Gesche klatschte in die Hände. Heute hatte sie schon zweimal in die Hände geklatscht. Was für ein schöner Tag!

XVIII

Ihre Füße reichten nicht bis zu den Pedalen. Gesche drückte alle Tasten, zog alle Knöpfe heraus, aber die Orgel gab keinen Ton von sich. Gesche sang gegen die Stille an.

Durch die Kirchenfenster, die wie Schiffsluken aussahen, blinzelten ihr zwei fahle Sterne zu. Die würden erst in der Nacht richtig leuchten. „Warum kommt Mama nicht?" Gesche fragte Jesus am Kreuz. Der wusste doch sonst immer alles. Sie hatte extra eine Münze in den Kasten für ertrunkene Seeleute geworfen. Wo waren Mama und Clara? Immer verschwanden alle. Auch die *Seepferdchen*-Gruppe war aus der Kirche verschwunden, nachdem sie sich die Bilder auf den Fenstern angeschaut hatten. Gesche wollte nicht mit zum Kinderkegeln. Niemand hatte sie an der Orgel entdeckt. Sie wollte für Mama ein Lied spielen. Das könnte durch die Fenster in die Wolken bis in Mamas Küche schweben. Mama stand am Herd und backte Apfelpfannkuchen. Wenn sie doch bloß die Orgel in Gang bekäme. Denk an ein Lied, das wir abends zusammen gesungen haben. Mama saß ihr gegenüber. Es nützte nichts.

Gesche kletterte von der Orgelbank. „Blödmann", sagte sie zu Jesus am Kreuz. „Du hängst nur dumm rum und hilfst Kindern nicht." Sie boxte gegen seinen Fuß. Der Fuß blutete. „Du kriegst auch kein Pflaster von mir."

Gesche sah sich in der Kirche um. Da waren die Kerzen. Zwei brannten schon. Eine für Mama, eine für Clara. Gesche nahm die Streichholzschachtel aus der Hosentasche und zündete mehr Kerzen an. Für Anke, für Foxi, eine für Claras Pferd und für den neuen Seehund. Keine für das Kinderheim, keine für den Wassermann. Eine Kerze fiel um. Der Teufel erschien mit Blitz und Donner. Der briet sich Kinder in der Hölle. Wenn sie schön knusprig waren, fraß er sie.

Der Mann mit den strohblonden Haaren, der unbemerkt still in der Kirchenbank gesessen hatte, blickte sich suchend um, sah den Feuerlöscher und wurde aktiv. Dann nahm er Gesche an die Hand. Hals über Kopf rannten beide aus der Kirche. Würde Gesche auf der Orgel eben ein anderes Mal spielen. „Bist du Jesus?", fragte Gesche.

Der *Wellenbrecher* schrieb:

Umgefallene Kerzen entfachten einen Brand in der Kirche. Zum Glück wurde ein Kurgast darauf aufmerksam. Er rettete ein Kind, das sich zufällig dort aufhielt. Das Feuer konnte schnell gelöscht werden, da der Mann, der zur stillen Andacht in der Kirche saß, sofort den Feuerlöscher betätigte und den Küster informierte. Nicht auszudenken, welche Katastrophe hätte entstehen können. Das alte Holzgestühl hätte lichterloh gebrannt.

Das Foto zeigte nur den angekokelten Kerzentisch.

XIX

Im Schlafsaal wohnen vier Hexen, die kommen nachts aus den Löchern. Die rollen Medizinbälle aus allen Ecken auf dich zu. Die Bälle erdrücken, zerquetschen dich. Hast du Fieber? Ich weiß nicht, ich weiß nichts, weiß alles. Die Hexen lachen.

„Die Tabletten schleichen wir langsam aus."
Nahm die etwa auch dieses Zeug? Wenn sie *wir* sagte.
Clara entließ sich selbst.
„Auf ihre eigene Verantwortung", sagte die Ärztin.
Clara hatte auf einmal genug von dem Krankenhaus, auch wenn sie die Patienten niemals vergessen würde. So viele Irrlichter, vielleicht alles Verschickungskinder, von denen niemand etwas ahnte. Wie auch immer die Ärzte diese Episode nannten, sie war vorbei.
Clara wollte zu Patrick und Puschkin zurück. Jetzt würde alles besser, alles gut. Sie hörte einfach auf zu irrlichtern, stattdessen würde sie ab heute die Zeit am Meer genießen wie jeder normale Mensch auch.

Rosentor, Rosentor
Singt mit mir im großen Chor
Rosentor bleibt außen vor
Jetzt der Tenor

Bitte keinen Rückfall, Clara! Man darf doch mal ein wenig albern sein. Niemand verschickte sie mehr. Sie packte die Tasche. Die Glastür zog sie hinter sich zu. Noch einmal ging sie durch den Park, bevor sie in den Bus einstieg, weg aus der Kreisstadt, zurück ans Meer.

Demnächst würde Schusche aus der Pension Fernblick auschecken. Dann hätte er alles erledigt und könnte endgültig neu anfangen. Was für ein Segen, die Frau aus der Vergangenheit im Zug getroffen zu haben. Clara, ja, er konnte sich an sie erinnern.
Das Mädchen mit den besten Fratzen, um ihn zum Lachen zu bringen. Endlich hatte das jemand geschafft. Eigentlich war es der Hund

Puschkin. Schusche war stolz auf sich. Seine Augen leuchteten. Er hatte ein Kind vor dem Feuer gerettet. Seine erste gute Tat.

Ein Trampolin muss her. Dann könnte sie hüpfen, wie sie wollte. Hoch, bis in die Wolken hinein und dann blitzschnell auf den Wolken zu Mama. Gesche saß auf dem Klettergerüst. Sie hielt sich mit beiden Händen an den roten Stangen fest. Ein Klettergerüst war kein Trampolin. Häschen hüpf, es zuckte in ihren Beinen.

„Jesus", rief sie, als sie den Mann dort unten stehen sah.

Er winkte.

Das kleine Mädchen schien keinen Schaden in der Kirche davongetragen zu haben. Es sah fröhlich aus. Sollte sie weiter glauben, dass er Jesus sei. Immerhin hatte er sie gerettet. Schusche verstand, warum das Kind allein oben auf dem Klettergerüst saß, obwohl es nicht so verloren aussah wie er selbst damals. Es hatte sich wohl doch einiges geändert. Die Kinder vergnügten sich weiter hinten mit Kreisspielen. Ihn hatten sie selten mitspielen lassen. Oft konnte er es auch gar nicht, weil er in der dunklen Kammer saß.

Einmal hatte Clara für ihn heimlich die Tür aufgeschlossen. Das gab dann ein Donnerwetter, wie Drachen es mochten. Ob Clara im Anschluss in eine andere Kammer gekommen war, wusste er nicht. Sonst wusste er alles über das Kinderheim *Rosentor*. Die Rosen wuchsen nur so zum Schein, um den Anblick des Hauses von außen schöner zu machen. Damit niemand sich vorstellen konnte, was drinnen geschah. Manche Leute hatten eben keine Fantasie. Vorstellen, sich selbst etwas vormachen brauchte Schusche nicht. Er hatte alles am eigenen Leib gespürt. Vorsichtig betastete er die Narben auf seinem Rücken. Besenstiele, Drachenpranken. „Kleine Kratzbürste Clara", dachte er und lächelte.

Da sah er die kleine Kratzbürste unter dem Klettergerüst stehen. Sie schaute zu dem Kind hoch und sprach mit ihm.

„Ich habe Jesus getroffen", sagte Gesche von oben herunter.

„Sag bloß", sagte Clara. „War er nett?"

„Jesusse sind immer nett. Das musst du doch wissen."

„Na ja, ich habe noch nie einen getroffen. Woher soll ich das wissen?"

„Dann weißt du das jetzt."

„Genau", sagte Clara und lächelte.

„Jesus steht da hinten", sagte Gesche und zeigte mit dem Finger auf eine Gestalt mit strohblondem Haar.

Die Augenfarbe konnte Clara auf die Entfernung nicht erkennen. Sie wollte zu ihm laufen, doch da verschloss ihr jemand von hinten die Augen.

„Wie toll, dass du wieder da bist", sagte Anke. Als sie die Hände von Claras Augen nahm, war der Mann verschwunden. Wie vom Erdboden verschluckt, ein Zauberkünstler, etwa doch Jesus? Auch Gesche saß nicht mehr auf dem Klettergerüst. Wo war sie bloß?

„Dann bist du ja auf jeden Fall bei unserem Benefizevent dabei. Wir werden eine Reihe deiner Bilder ausstellen. Jens bewundert dich. Ich übrigens auch."

„Ich brauche keine Bewunderer."

„Was dann?"

Clara antwortete nicht.

„Geht es dir wieder gut?"

„Wie noch nie."

„Wahrscheinlich wegen der rosa Pillen", dachte Clara, aber die schlichen sich aus, verschwanden in ein, zwei Tagen ganz, wie auch die Irrlichter inzwischen verschwunden waren. Dafür blühten die Rosen ringsum. Sie dufteten.

Clara schlief seit einigen Tagen gut, ganz ohne böse Träume von Feuer, Baggerschaufeln oder Drachen. Beim Einschlafen hielt sie oft Patricks Hand. Manchmal las Patrick ihr vor, bis sie wegdämmerte, erst morgens aufwachte, frisch und erholt.

Tagsüber zeichnete Clara schöne Bilder, die sie an der Küchentür aufhängte. Patrick, Puschkin und sie machten lange Spaziergänge durch die Dünen, den Kiefernwald, über den Deich und am Meer entlang. Es tat gut, Seeluft zu atmen. Der Wind verfing sich in Claras Haar.

Auch wenn sie ein schlechtes Gewissen hatte, vermied sie es, am *Seepferdchen* vorbeizugehen. Sie musste sich erst einmal um sich selbst kümmern.

Das tat sie jetzt. Clara zweifelte noch, ob sie bei der Benefizveranstaltung mitmachen sollte, aber eine Entscheidung eilte nicht.

Sie backte zwei Buttermilchbrote, eins war für Anke. Sie übernahm freiwillig das Kochen, am liebsten Fisch oder Krabbengerichte. Sie hörte sich sogar in der Umgebung um, ob irgendwo eine Erzieherin gesucht wurde. Völlig ausgeschlossen war eine Anstellung in einem Kinderkurheim. Sie hatte genug von langen, kalten Fluren.

Jens hatte alle Hände voll damit zu tun, sich um die Benefizveranstaltung zu kümmern.

Fotos mussten begutachtet, ausgewählt und vergrößert werden. Vielleicht doch das eine oder andere historische. Welche von Claras Zeichnungen sollte er nehmen? Würden die seinen Fotos die Schau stehlen? Was für Songs? Sie konnten nicht wieder dieselben spielen.

Anke putzte Küche und Wohnzimmer. Beide Zimmer hatten es nötig. Sie war froh, heute allein in der Mühle zu sein. Sie wollte einen ruhigen Lesenachmittag verbringen. Zum Buch zwei Scheiben vom Buttermilchbrot, das Clara ihr neulich vorbeigebracht hatte. Mit salziger Butter ein Gedicht!

Gesche knetete Claras Pferd. Dann versuchte sie, ein Saxofon aus der Knetmasse zu formen. Nur sie selbst konnte das erkennen, aber immerhin lobte Frau Jörgenson sie und Gesche vergaß, ihr die Zunge herauszustrecken.

Laura flocht Gesche Zöpfe. Sie band rote Schleifen hinein. Die passten zur roten Latzhose.

„Hast du auch eine Schleife für Foxi und meinen Seehund?"

Schusche saß auf dem Bett. Er mochte das Pensionszimmer mit Blick auf das Meer. So einen Blick hatte er damals nicht gehabt. Er hatte überhaupt nichts Schönes gehabt, bis auf die Liegekur auf der Veranda. Da konnte man vor sich hinträumen, niemand schrie, alles wunderbar ruhig. Die Besenstiele standen still in der Kammer an der Wand und bewegten sich nicht.

Es war das letzte Mal, dass er hier sein würde. Nie wieder würde er nach Curhude reisen. Es gab so viele andere Orte, die man bereisen konnte, die keine Erinnerungen lostraten. Orte, an denen es einem einfach nur gut ging.

„Endlich habe ich es geschafft", dachte Schusche, bevor er sich rücklings in die Kissen fallen ließ. „Biene wird sich freuen."

XX

So, fertig. Die Fotos hingen. Bald könnte es losgehen. Jens rieb sich die Hände. Er hatte viel geschafft. Die historischen Fotos hingen unter den neuen. Veränderungen ließen sich gut erkennen. Damals war damals. Was würden die anderen zu seinem Werk sagen?

Niemand kam dazu, etwas zu sagen. Clara trat ein, schaute sich um, stürzte auf die Fotowand zu und riss im Handumdrehen alle historischen Fotos ab. Fast alle, da sie es bis zum letzten Bild nicht mehr schaffte. Anke hielt ihr die Arme fest. Ausgerechnet das alte Foto von dem Kind in der Zinkbadewanne hing weiter an der Wand. Nur der gezackte Rand fehlte. Jens hatte das Bild vergrößert.

„Du Idiotin", schrie Jens und schlug Clara ins Gesicht.

„Ihr Schweine", heulte Clara.

Wortlos nahm Anke das Foto ab und gab es ihr.

Clara setzte den einen Fuß auf den anderen.

„Zieh wenigstens Schlappen an", sagte Patrick.

Wenn sie die Augen fest zusammenkniff, warf der Mond grelle Strahlen vom Himmel und leuchtete das Wattenmeer von innen aus.

Clara strich sich die weiße Strähne aus der Stirn.

Eine zweite durchsichtige Wand schob sich vor das Fenster. Clara hatte Wackersteine im Bauch. Wenn sie sich mucksmäuschenstill verhielt, platzte der Bauch nicht auf. Wie sollte sie sich auch mit dem schweren Gerümpel bewegen? Sie brauchte Abstand von sich selbst. Sie war eine Zumutung für alle. Aber schlagen ließ sie sich nicht. Nicht mehr, genauso wenig wie sie sich anschreien ließ.

In Gedanken fuhr sie nach Hause. Runter von der Autobahn. Henrichenburg, am Schiffshebewerk vorbei. Ein Schützenfest Plakat. Die Gartenbank stand wie gehabt vor dem Antikmöbelladen. Shabby Chic. Niemand setzte sich. Die Bank würde sich gut vor dem Ferienhaus machen. Das Auto war nicht groß genug, um alles zu transportieren, Puschkin, den Hundekorb, den Sack Hundefutter plus Bank. Sie drehte die Musik lauter.

„Mach mal Piano, Clara."

Patricks Standardsatz. Einer von vielen, so wie der mit den Schlappen. „Schlaf weiter, Puschkin", sagte Clara und strich dem Hund über den Kopf. „Denk daran, Meerwasser ist salzig und löscht keinen Durst." Puschkin schaute sie mit seinen braunen Augen an, wedelte leicht und seufzte erleichtert. Heute Abend blieb Clara am Fenster. Wegen der Wackersteine im Bauch.

„Morgen gehen wir Gesche besuchen. Dass du Foxi nicht den Kopf abbeißt."

Puschkin schüttelte sich und verließ das Schlafzimmer.

„Komm zurück, ich rede mit dir."

Sie musste Puschkin wohl mit ihrer Foxi Bemerkung beleidigt haben. Er lag im Flur auf dem Läufer. Clara streichelte sein weißes Fell. Puschkin haarte. Das würde vermutlich ein Leben lang so sein. Draußen am Meer könnte er so viel Haare verlieren, wie er wollte, bloß heute Abend nicht. Es gab noch andere Abende, sie fuhren ja nicht nach Hause. Das Schiffshebewerk war weit weg und Schiffe sah Clara genug auf dem offenen Meer.

Um diese Zeit würde sie kurz bei Frau Tünkens vorbeischauen. Herr Strickmann ging um halb sieben ins Bett. Vorher wäre die Körperhygiene dran. Das war Schwerstarbeit. Seine Frau kontrollierte alles. War der Schniedel schön sauber? Wie konnte man nur so misstrauisch sein? „Fast wie Clara", dachte Anke und war heilfroh, dass sie zurzeit keinen Dienst hatte. Seltsam, dass der berufliche Alltag sich immer noch einmischte in ihre Ferien am Meer.

Im Sandkasten saß eine rot-weiße Katze.

„Kommst du Foxi besuchen?", fragte Gesche.

Trampelpfade zeichneten Muster ins Gras und schlängelten sich durch die Dünen. Im Herbst flögen die Vögel fort. Sie wussten, dass es dann kalt würde. Da half es auch nichts, sich in den Schlick einzugraben, obwohl Meeresalgen gesund waren. Frau Heller, die Gesche manchmal in der Kurhalle traf, ließ sich oft komplett einpacken.

„Gegen die Schmerzen im Rücken", sagte sie.

Gesche beschloss, Mama eine Algencreme mitzubringen. Mit grünem Algengesicht stand Mama in der Küche. Eine Schöpfkelle Teig klatschte aufs Waffeleisen. Vier Herzen brutzelten sich braun. Heiße Kirschen und Sahne. Foxi aß auch eine Waffel. Mama las eine Geschichte vor.

Vom Mädchen, das mit den Delfinen sprach und mit Walrössern sang.

Gesche ließ die Beine baumeln. Ihr rechter Schuh rutschte vom Fuß und fiel wie ein Stein auf den Boden. Die Katze erschrak und huschte fort. Mama kaufte Gesche immer zu große Schuhe. Die Elster würde sich gleich den Schuh holen. Elstern waren Diebe und stibitzen alles, nicht nur silberne Löffel. Gesche klaute höchstens Streichhölzer und Feuerzeuge. Manchmal auch einen Buntstift und einen Legostein. Vielleicht war sie auch eine Elster, eine Feuerelster mit roten Federn.

„Lieber will ich ein Spatz sein, Mamas Spatz."

Die Algencreme war teuer. Das wusste Gesche von Frau Heller. Ariane hatte Gesches Taschengeld einkassiert. Unter Wasser gab Ariane das Geld für Fischeis aus. Mama sollte auch so ein schönes weiches Gesicht wie Frau Heller haben. Ohne die steile Falte auf der Stirn.

Gesche schaute zum Horizont und sah Mama vor dem Blumenladen stehen. Sie rechnete nach, ob sie sich den Blumenstrauß leisten könnte.

„Hier bin ich, Mama", rief Gesche. „Siehst du, wie Foxi dir winkt?"

Mama warf einen Blick zum Himmel und spannte den Regenschirm auf. *Tanz dich fit* stand auf dem Schirm. Mama liebte Bauchtanz, Foxtrott und Tango. Wenn Gesche wieder zu Hause war, würden sie beide einen Tanzkurs besuchen. Für Mutter und Kind. Ein Kind war Gesche ja. Sie nähme Foxi mit. Der tanzte auch gern.

Gesche musste im Sandkasten eingeschlafen sein. Der Himmel war dunkler als vorhin. Gleich gab es Abendbrot. Wenn schon keine Waffeln mit heißen Kirschen und Sahne, dann bitte Brathering mit Speckbohnen und Bratkartoffeln. Zum Glück war heute kein Badetag.

„Und kommst du voran?"

„Bisher haben wir drei Termine. Im Künstlerhaus, in der Lesehalle und im Atelier Arte."

„Welche Bilder werden denn ausgestellt?" Frau Jörgenson war neugierig.

„Meine Fotos natürlich. Die historischen sind ja nun futsch. Dank Clara. Trotzdem stelle ich ein paar Zeichnungen von ihr aus."

„Du lässt dich auf diese Verrückte ein?."

„Bei aller Verrücktheit hat die sich den kindlichen Blick bewahrt. Die transportiert starke Gefühle. Wut, Trauer, Angst, Sehnsucht, alles da. Schau dir mal das an." Jens zeigte auf eine Wattenmeerlandschaft. Das Watt, in Brauntönen glänzend, von Osterfeuern oder Scheiterhaufen durchschnitten. Priele führten zu der hinten aus dunkler Wolkenwand auftauchenden Insel. Eine Gestalt lief direkt auf den Betrachter zu. Man sah, dass sie fror. Ihr kleiner Körper spiegelte sich in den Wasserlachen, die auch bei Ebbe zurückblieben. Die Augen schauen dich an, lassen nicht los.

„Krass", sagte Frau Jörgenson.

„Eine so tiefe Verlassenheit. Das Bild steckt voller Zitate. Munch zum Beispiel. Frida Kahlo. Clara, das Teufelsweib."

„Sind die Pfähle im Watt nicht Phallussymbole? Ich weiß nicht, ob das bei dem Publikum ankommt."

„Blödsinn, und wenn schon. Ich habe bereits einige Abnehmer für Claras Bilder. Das bringt Geld. Und Geld wolltest du doch, oder?"

Seit einer Stunde saß die Amsel auf dem Fensterbrett. Der gelbe Schnabel pickte an die Scheibe. Was wollte der Vogel eigentlich? Wieso konnte sie die Amselsprache nicht verstehen? Da sie nicht reagierte, flog der Vogel gegen die Scheibe. Immer wieder. Auch so ein Irrlicht. Er musste doch schon völlig bekloppt im Kopf sein. Oder hatte Gesche die Amsel geschickt?

Clara war ratlos.

„Versuchen Sie nicht, sich ihre Geschichte abzuschneiden. Es darf nicht so gewesen sein. Klein-Clara darf es nicht geben."

Der Arzt hatte klug reden. Dabei war sie gar nicht im Krankenhaus. Sie stand hier am Fenster. Fenster waren wie Türen, die sich nach außen und innen öffneten.

„Sie erwarten Geschenke, ohne es auszusprechen."

„Bitte schenke mir dein Herz", sagte Clara laut und vernehmlich, aber der Arzt verschenkte so schnell nichts. Wo käme er denn hin bei den vielen Traumtänzern?

Sie würde den Arzt nie wiedersehen. Sie hörte die Sehnsucht im Flügelschlag des Reihers, ging mit ihr durch den Kiefernwald, die Sehnsucht stand neben ihr am Finkenmoor.

Der Arzt lächelte sich Fältchen um die Augen. Die Sehnsucht nahm die Brille ab. „Frauen", sagte der Arzt, „schwanken zwischen Opferrolle und Allmachtsfantasien."

Der hatte keine Ahnung, erst recht nicht von Frauen. Clara öffnete das Fenster und flog mit der Amsel hinaus aufs Meer. Beide vergaßen, dass sie keine Seevögel waren.

XXI

„Gibst du mir Smirnoffs Leine, Clara?"
„Er heißt Puschkin."
„Sorry, Puschelskin. Komm, wir rennen um die Wette."
Weg waren beide.

Clara atmete schwer. Sie sah den Hund und Jens im Zickzack über den Strand rasen.
Bei Jens musste man vorsichtig sein. Sie traute ihm nicht. Seine Seele ist kalt. Er überfällt Inseldörfer und die Küste. Er holt sich Kinder zum Fraß. Nur wenn die Biikenfeuer lichterloh brennen, bleibt er zurück. Ich muss Brennholz holen.

„Eine spannende alte Legende, Clara. Da läuft es einem kalt über den Rücken."
Hatte sie etwa laut mit sich gesprochen? Jens ließ sich neben Clara und dem hechelnden Hund in den Sand fallen.
„Du darfst am Strand toben, Puschkin", sagte Clara. „Schließlich bist du ein freilaufender Hund. Bei Hühnern ist das ja auch nicht verboten."
„Ich male dir ein Schild *Vorsicht freilaufendes Seemonster*." Jens lachte.
„Drachen sind überall", sagte Clara und lachte nicht.

„Hast du die Mühle inzwischen gekauft?"
„Wenn du mir das Geld dafür gibst, Jens, sofort. Was ist das für eine sonderbare Biikenbrennengeschichte? Clara sagt, der holt sich ein Kind."
„Typisch Clara. Die ist auf das Kinderheim fixiert. Die klammert sich förmlich daran. Gut, ich gebe zu, sie hat eine Menge Scheiße erlebt, aber irgendwann muss doch mal Schluss sein. Was genau, hat sie mir nie gesagt. Vielleicht sagt sie ihrem Lieblingsarzt mehr."
„Etwa eifersüchtig?"
„Die ist ganz schön abgefahren, oder findest du nicht?"
„Übertragungsliebe", sagte Anke. So viel wusste sie immerhin aus ihren Büchern.

„Es gibt sicher auch Übertragungshass. Mich hasst sie. Die liebt doch nur ihren Hund."

„Hunde haben eine therapeutische Wirkung. Das solltest du wissen, Jens. Du weißt doch sonst immer alles."

Am Deich blieb Clara stehen. Das Meer lag platt und schwarz da. Es versteckte sich im Watt. Der Mond warf sein Licht auf vergessene Fußspuren. Puschkin stand stocksteif auf der Deichkrone und leuchtete.

„Du solltest ihn als Leuchtturm vermieten."

Clara starrte auf die ferne Insel, die sich im Watt duckte, um nicht gesehen zu werden.

Sie küsste Patrick.

„Schlaf gut", sagte sie, bevor sie die Deichtreppe heruntersprang.

„Schlaf gut", sagte sie, als sie am *Seepferdchen* vorbeirannte.

„Schlaf gut, Clara", sagte sie zu sich selbst und zog die Vorhänge zu.

Schusche schloss das Fenster. Ein letztes Mal dieser Blick auf das Meer. Er schaute zum Mond hoch. Die Tasche war gepackt. Er hatte alles erledigt. Curhude war ab heute Abend Vergangenheit. Ein vernünftiger Abschluss. Den konnte ihm keiner mehr nehmen.

Heute Abend war Clara seltsam unruhig. Sie stand wieder am Fenster. Erst in ein paar Stunden würde die Flut auflaufen. Im Mondlicht waren die Fahrrinnenwedel deutlich zu erkennen. Etwas trieb Clara hinaus. Sie zog feste Schuhe an. Patrick schlief und selbst Puschkin öffnete nur ein Auge.

Clara sank bis zu den Knöcheln ein. Sie streifte die Schuhe ab und warf sie zurück auf den Sand. Das Licht ihrer Taschenlampe tanzte über die Muschelbank. Eine weiße Gestalt huschte durch das glitzernde Watt.

Großmutter. Sie trug das Totenhemd, das sie mehrfach lange vor ihrem Tod gebügelt und anprobiert hatte. Großmutter lächelte ihr Großmutterlächeln und war wieder verschwunden. Clara schaltete die Taschenlampe aus. Sie stand gern im Dunkeln. Das Wasser stieg an den Beinen hoch. Es wurde kalt. Vater und Mutter nahmen Clara an die Hand. „Da sind wir, Kleines." Die Eltern hatten Windnachtstimmen.

Weiter hinten fuhr ein beleuchtetes Schiff über das Meer. Dabei war Niedrigwasser.

Mutter legte den Arm um Claras Schultern. Vater strich sich die silbernen Haare aus der Stirn. „Schau mal, der Mond."

Der Mond war damals, mühsam die Tränen zurückhaltend, ihre Verbindung gewesen. So wie das Buch von *Mecki und dem Mond*, so wie die Schaumwellen.

Clara kletterte die Stufen der Rettungsstation Nr. 2 hoch. Die Stufen waren eiskalt wie das Piratenherz. Sie knipste die Taschenlampe an und suchte das Meer ab. Wie Irrlichter flackerten die Eltern bläulich über die Wattrippen.

Du darfst ihnen nicht nachgehen. Das Wasser verschluckt dich. Es steigt und steigt und dann kommen diese riesengroßen Brecher. Die überrollen dich, ziehen dich nach unten, tiefer und tiefer.

Bald hatte Clara wieder festen Boden unter den Füßen. Ihre Schuhe waren nirgends zu finden. Ein Drache musste sie sich geholt haben. Drachen konnten alles gebrauchen, was Kindern gehörte. Ihr weißes Pferd wartete geduldig auf sie. Clara hing in seiner nassen Mähne.

„Schneller." Sie spornte das Pferd an.

Sie galoppierten über den Strand. Auf einmal blieb das Pferd ruckartig stehen. Fast wäre Clara kopfüber heruntergefallen.

Feuerblitze zuckten durch die Nacht. Clara kroch den Deich hoch. Das war kein Biikenbrennen. Die Taschenlampe plumpste ins Gras und Clara rannte.

Dicke Rauchschwaden stiegen vom Dach des Kinderkurheims auf. Clara rannte, sprang über die Hecke und schrie vor Schmerz über die Rosendornen in den nackten Füßen auf. Mit einer herumliegenden eisernen Schaufel zerschlug sie ein Fenster des Schlafsaals.

Gesche saß kerzengerade in ihrem Bett. Sie hielt Foxi und den kleinen Seehund in den Händen. „Da bist du ja endlich."

Clara schrie, um die schlafenden Kinder zu wecken,

„Du holst dir kein Kind mehr", sagte sie zu dem Feuerdrachen, der in der Tür stand.

Der Drache trug ein geblümtes Nachthemd. Rotes Signallicht verbreitete sich im Schlafsaal.

„Ich habe keine Angst mehr", sagte Gesche. „Foxi und der Seehund auch nicht. Hast du Puschkin mitgebracht?"

Clara schob Gesche aus der Tür. Nie wieder würde sich der Drache ein Kind holen. Der schwarze Rauch verdunkelte die funkelnden Drachenaugen. Clara und Gesche rannten an dem geblümten Nachthemd vorbei, vorbei an den Drachenaugen, den zugreifenden Tatzen.

Wie eine düstere Karawane quollen die Kinder aus dem Haus.

Hand in Hand standen Clara und Gesche mit ihren bloßen Füßen in der Nacht. Sie sahen das *Seepferdchen* brennen. Auch aus dem Dach von Heins Huis züngelten Flammen. Clara konnte jederzeit neue Bilder malen.

Clara verstand zuerst nicht, was Gesche sagte. Sie beugte sich zu dem Kind hinunter.

Gesche flüsterte Foxi etwas ins Ohr. „Jetzt muss Mama mich holen."

EPILOG

So könnte es gewesen sein, doch so war es nicht. Ich habe nie meinen Job gekündigt, habe niemals etwas in Brand gesteckt.

Und der Brand im *Seepferdchen*? Wer weiß?

Ein Elektrodefekt?

Ich habe Schusche nie wiedergesehen. Die anderen habe ich nie getroffen. Oder doch?

Ich habe ein lückenhaftes Gedächtnis. Ein Fischernetz mit großen Löchern, alles wie im Nebel. Das Gehirn verdrängt gern.

Ich habe mich tatsächlich einmal auf die Suche nach dem Kinderkurheim am Meer gemacht. Auf der ganzen Autobahnfahrt habe ich Krokodilstränen geheult. Nicht gut für den Verkehr, aber es musste mal raus. Züge vermeide ich besser. Wohin die einen alles transportieren können!

Ich fand das Kinderkurheim. Es stand leer. Ein rotes Bonbonpapier lag auf dem Rasen. Und ein Hundehaufen.

In Wahrheit war es längst abgerissen.

In warme Decken gehüllt saß ich in der Pferdekutsche und fuhr noch einmal durch das Wattenmeer. Mein Hund saß neben mir und zitterte.

Was Gesche, Schusche und ich gemeinsam haben, ist der Zorn, ist die Traurigkeit, beides gleich tief.

Ja, ich, Clara, bin ein Verschickungskind, vier Mal wie ein Paket per Post verschickt. Das erste Mal war ich vier, dann fünf, sechs und neun. Darüber habe ich Jahrzehnte lang nicht sprechen können. Jetzt kann ich es, seit Mutter tot ist.

Die Zeit steht still. Es gibt Zeiten, da kriecht das Kinderkurheim mir in den Kopf, wühlt herum und macht mir das Leben schwer. Es gibt Zeiten des Vergessens, des Nicht-Wahr-Haben-Wollens. Die Zeit als Zäsur mit riesigen Scheren, die Zeit als Zensor, der dich nicht gelten lässt, noch nicht einmal wahrnimmt. Ich hole diese Stillstandzeit wieder hervor.

Warum bleibe ich nicht bei leichteren Zeiten?

Ich sehe den Seewind, wie er Samba und Boogie tanzt.

Ich höre die Strandläufer, wie ihre roten Füße auf der Steinbuhne trippeln.

Ich schmecke das Salz auf der Zunge.

Ich bin hier und dort, nirgendwo und doch wieder hier,

Ich steige die Treppe hinunter, alle zwölf Stufen. Geradewegs in die Dunkelheit des Kellers hinein. Im Keller wohnen Ratten, Männer und Frauen. Die Rattenaugen sind hellrot und die Kittel der Männer schneeweiß. Die Frauen haben Häubchen auf. Weiter hinten brennt eine Kerze. Oder ist es mein Mondlampion? Die Laterne schwankt im Wind, so als wüsste der Mond nicht mehr ein und aus, als fiele er gleich vom Himmel. Jetzt geht das kleine Licht aus und meine Laterne fängt Feuer.

Ich steige die Treppe hoch, wieder alle zwölf Stufen. Zum Glück gibt es das Geländer. Oben fliegen silberne Adler in immer größer werdenden Kreisen.

Über Gefühle spricht man nicht. Die könnten ja die Wahrheit sagen. Wahrheiten sind gefährlich, für alle Beteiligten.

Du hast zu viel Fantasie, Kind. Wo kämen wir denn hin, wenn das alles wahr wäre. Die wollten doch nur dein Bestes. Jetzt trotzt und fantasierst du wieder herum, Kind.

Dann bin ich eben ein Trotzkopf und fantasiere herum. Ich stampfe mit den Füßen auf wie Bubu. Bin ein richtiger dicker trotziger Elefant. Mit dem Stift schreibe ich, schreie ich die verbotenen Gefühle heraus.

Wenn ich damals schon Puschkin gehabt hätte, wäre mir garantiert nichts passiert. Puschkin hätte mich beschützt. Der Hund hätte dem Drachen die Haube stibitzt, ihr vielleicht sogar in die Wade gezwickt. Er hätte sich heftig geschüttelt und der ganze Wattschlick wäre auf dem weißen Kittel des Arztes gelandet. Ich hätte das Rührei und die Kotze nicht aufessen müssen. Dafür hätte Puschkin schon gesorgt. Er wäre blitzschnell auf den Tisch gesprungen und hätte im Nu alles vertilgt. Nachts hätte der Hund sich eng an mich gekuschelt. Ich hätte meine Hand auf das warme Fell gelegt.

Morgens wären wir zusammen mit den Füßen durchs Meerwasser gewatet, stundenlang, ohne einen einzigen Menschen zu treffen. Hin und wieder wären wir den hüpfenden Vögeln nachgelaufen, hätten uns im Kreis gedreht. Wir hätten im Sand in der Sonne gelegen, in den Himmel geschaut und wären mit den weißen Wolken gezogen, mal langsam, mal schnell. Was für eine schöne Zeit für uns beide hier am Meer!

Pippa, Bubu und die Muscheln sind sicher im Pepita-Köfferchen verstaut. Auf der langen Fahrt spricht das Kind nicht. Es will auch keine Lakritzschnecken und keine Schokolinsen. Es malt Krokodilpferdtatzen auf das Zugfenster. Bäume rasen vorbei. Es geht endlich nach Hause.

Als der Zug einläuft, da ist schon das Bahnhofsdach, sitzt dem Kind so ein Kloß im Hals. Pfannidick mit Sülze und Ei. Der Bagger schaufelt. Der Drache lacht und spuckt Milchwasser aus. Das riecht nach Fisch.

Die kleinen Hände verkrampfen sich. Es gibt kein Zuhause – hier im Zug nicht, am Meer nicht, woanders nicht. Da ist schon der Bahnsteig.
Ich steige nicht aus, nie mehr, fahre weiter mit dem Zug, ohne anzukommen. Aber da steht Mama in ihrem hellblauen Mantel, lächelt und winkt.

Das Kind rennt, rennt in weit ausgebreitete Arme

DANKSAGUNG

Ich danke Sabine Samonig für ihre ermutigenden und behutsamen Flashback-Impulse sowie dem Literaturbüro Unna für den motivierenden Workshop *Relight my fire* mit Hendrik Heisterberg.

Mein Dank gilt gleichermaßen dem Verein Aufarbeitung Kinderverschickungen NRW (AKV NRW), der durch seine zahlreichen Angebote uns Verschickungskinder nachhaltig unterstützt.

Natürlich danke ich auch dem Herzsprung-Verlag, der für das Thema „Kinderverschickung" die notwendige Kapazität hatte.

Zuletzt, wie schon so oft, ein dicker Dank meinem Erstleser JPF und unserem Hund Spike Dickus, der mich zwischendurch auf andere Gedanken bringen konnte.

Gudrun Güth

DIE AUTORIN

Gudrun Güth, in Hagen geboren, lebt als Hunde- und Kanalliebhaberin in Waltrop. Hunde sind seit 40 Jahren ihre treuen Begleiter, Kanäle bedeuten für sie Adern zum Meer. So ist es kein Wunder, dass Hunde, Kanäle und das Meer immer wieder in ihren Texten auftauchen. Gudrun Güth schreibt Kinder- bzw. Jugendbücher, Kurzgeschichten und Lyrik. Sie hat mehrere Literaturpreise erhalten. Neben einem Kriminalroman ist „Irrlichtern" ihr erster Roman für erwachsene Leser*innen.

Ihre Literatur transportiert unter anderem kleine und große Krisen sowie die damit verbundenen Gefühle. Sie kann darüber schreiben, weil sie in ihrem eigenen Leben als Verschickungskind, als Tochter eines erblindeten Vaters, als Sterbebegleiterin ihrer Mutter und als Großmutter eines Sternenkindes durch einige Krisen gegangen ist.

Gudrun Güth hat Anglistik und Romanistik an der Ruhr-Universität Bochum und der University of Bristol/UK studiert. Sie promovierte mit summa cum laude über den britischen Arbeiterroman. Sie arbeitete als Lehrerin und in der Lehrer*innenausbildung.

Seit vielen Jahren ist sie ehrenamtlich als telefonische Gratis-Kartenvermittlerin für den Kulturpott-Ruhr tätig, der Menschen, die sich eine Teilhabe an kulturellen Veranstaltungen finanziell nicht leisten können, unterstützt. Viele Jahre war sie ebenfalls ehrenamtlich als Jurorin und Juryvorsitzende für die Auslobung der Literatureule zur Recklinghäuser Literaturnacht aktiv.

UNSER BUCHTIPP

Gudrun Güth
Blindhuhn

ISBN: 978-3-96074-490-0
Taschenbuch, 110 Seiten

Gesa liebt ihren blinden Vater. Aber dann bricht plötzlich ein Gefühlschaos aus: Scham, Wut, totale Unsicherheit – alles auf einmal da. Und nur wegen dieses einen blöden Satzes ihrer besten Freundin Sophie. Zum Glück gibt es Matthis mit seinem Skateboard, Inka, die kleine Theo aus Nigeria, die auch blind ist, die neue Musikband und natürlich Gesas Familie. Ob alles am Ende wieder ins richtige Lot kommt?

Ein Roman für Menschen ab 12.

Printed in Poland
by Amazon Fulfillment
Poland Sp. z o.o., Wrocław

48101171R00063